AF310167

ÉDOUARD BRIAULT

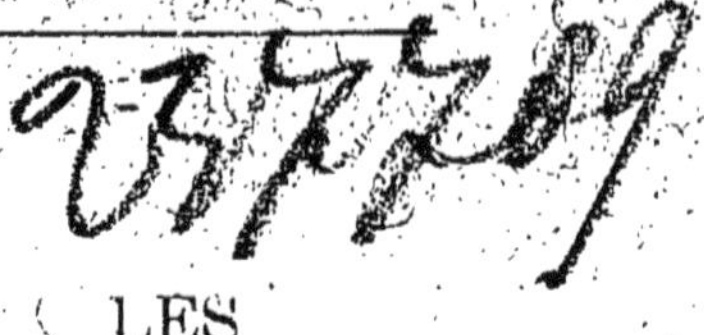

LES

PARRICIDES

POÉSIES ANTIRÉPUBLICAINES

1870-1873

Honneur et Patrie

PARIS

CH. FORESTIER, LIBRAIRE-ÉDITEUR

25, RUE LAS-CASES, 25

1881

LES PARRICIDES

PARIS. — IMP. T. SOUPÉ ET JOURDAN, RUE DE RENNES, 71.

ÉDOUARD BRIAULT

LES
PARRICIDES

POÉSIES ANTIRÉPUBLICAINES

1870-1873

Honneur et Patrie.

PARIS

CH. FORESTIER, LIBRAIRE-ÉDITEUR

25, RUE LAS-CASES, 25

1881

ARGUMENT

Ille homicida erat ab initio.

Le sujet de ce poème est la troisième invasion des républicains en France. Protégés contre les lois pénales par le succès de leurs dupes, les meneurs sont parvenus, sous couleur de liberté, à nous imposer un faux gouvernement qui, né de la licence des populaces, en est toujours l'esclave, et de telle origine garde un virus dissolvant pour la société, une menace incessante pour l'existence même de la patrie notre mère.

Aussi ce livre a-t-il pour objet d'être aux âmes honnêtes, en ces jours d'épreuve et d'attente, l'interprète de leurs sentiments d'aversion pour la sottise et d'horreur pour le crime.

L'action commence à l'époque où les fauteurs de désordre hâtent leurs dernières machinations pour amener la chute de l'Empire, se poursuit au milieu de la guerre étrangère qui leur est prétexte à usurper en bande une dictature préoccupée d'asservir le pays, continue par la répression des droits que revendiquaient les anciens complices, se prolonge par l'essai, dit loyal, d'une république, que l'ambition bourgeoise de M. Thiers tentait d'accaparer pour soi, et finit en ce jour où les hommes de bien, quoique trop faibles encore pour combattre avec une espérance égale à leur courage, se relèvent du moins pour confier le dépôt de l'honneur national à M. le maréchal de Mac-Mahon, duc de Magenta.

Pour clore, dans cette œuvre, ce qui appartient aux agitations coupables et stériles, quelques mots suffiront : M. Thiers, l'acteur principal, gros de rancunes et encore tout affairé d'intrigues révolutionnaires, est jeté brusquement sous les pieds de Dieu ; mais, due à ses conseils et achevée malgré eux par les députés que la nation avait choisis comme représentants de trois dynasties, il surgit après lui une de ces constitutions républicaines, devant lesquelles reculera, à certain moment, la droiture chevaleresque d'un chef d'État, et qui ne paraissent acceptables et utiles qu'à des gens d'humeur accommodante. « Vilain ne sçait ce que vaut éperon. »

A voir la profondeur et l'étendue des blessures déjà

faites à la France, nos angoisses sont inénarrables ; mais nous affirmons, en face des parricides, notre foi en Dieu qui doit rendre à chacun la récompense de ses œuvres ; et la suprême pensée de nous tous sera de glorifier d'esprit, d'âme et de cœur, la grande patrie que nos ancêtres et nos pères nous ont léguée toute empreinte de leur génie et de leur vertu.

Paris, 18 mars 1881.

PROLOGUE.

Des tribuns, par ce temps de banque et d'industrie
Où pas un d'eux ne lance un mot dont il ne rie,
Bas flatteurs de la plèbe et pour elle héros
Qui d'argent et d'honneurs ne sont que des escrocs ;
De la plèbe, rétive aux vertus économes,
Mais ardente à ravir les biens des autres hommes,
Sans famille, sans Dieu, sans patrie, et chez nous
Prétendant tout courber au niveau de ses goûts ;
De tous nos ennemis qui du sol de la France
Naissent, contre elles armés d'audace et d'ignorance,
Qui, n'ayant d'autre loi que de n'en point avoir,
Sont trop faibles de reins pour tenir le pouvoir,
Ce poème dira les erreurs et les crimes,
Juste envers les méchants et vengeur des victimes.

Les victimes, c'est nous, nous qui, toutes les fois
Que nous choque l'émeute aux stériles exploits,
Cherchons la liberté pacifique et féconde,
Et voulons que vers elle un seul chef nous seconde,

Un seul, libre lui-même et par nous protégé,
Obéi quand il juge au lieu d'être jugé.
Que nous font des rhéteurs les jeux déclamatoires ?
Leur bave sans péril salit toutes nos gloires,
Nos désastres par eux sont encore insultés,
Leur règne a mis le comble à nos calamités.

Les victimes, c'est nous qui de la multitude
N'accepterons jamais, jamais ! la servitude :
Ignorante, envieuse, inconstante toujours,
Sa politique flotte au gré des vains discours ;
Quand elle ne craint pas insolente et féroce,
Abjecte sous la peur, hypocrite molosse
Aboyant sans motif, lâche dans le danger,
Et sans droit ni travail osant tout exiger ;
Vivant même au-dessous des instincts de la brute,
Cette plèbe, il lui faut anarchique dispute,
Débauche crapuleuse et paresse des bras,
Puis massacre des bons, prêtres et magistrats,
De flammes et de sang l'ivresse qui fermente,
Et, quand l'ordre est vainqueur, une mort infamante.
Ah ! ce hideux tableau de sa brutalité,
En un siècle trois fois nous l'avons médité,
Et le peuple trois fois, dès que libre il s'explique,
Le vrai peuple a maudit le nom de République.

Le jour où nos soldats, prêts à franchir le Rhin,

Eurent le pied saisi dans un cercle d'airain,
Ce jour où, triomphant aux rives de la Seine,
La plèbe et ses tribuns nous chargeaient d'une chaîne,
Pâle, quand ils narguaient le deuil national,
Mon âme à tant d'horreur se dressa tribunal.
La justice contre eux n'eut pas un seul organe :
Ceux qu'on n'a pas jugés, eh bien ! je les condamne
Du droit de l'honnête homme et du bon citoyen,
Et l'histoire fera de mon verdict le sien.

De toutes les vertus toi l'illustre patrie,
France, ô toi de l'honneur terre aujourd'hui flétrie,
Malgré les scélérats veux-tu vivre demain ?
Redresse-toi contre eux, vote ou fer à la main !
Quand c'est l'assassinat qui te prétend surprendre,
Que tes généreux fils, unis pour te défendre,
Lèvent un drapeau fier contre un sanglant linceul,
Et de tous les partis ne forment plus qu'un seul !
C'est le mien : et de plus, si des vers l'art céleste
Fut, par un sacrilège, une arme qu'on déteste,
Les miens éclateront pour un autre idéal,
La passion du bien et la haine du mal.
Après tant de souffrance, hélas ! si prolongée,
S'il reste un dernier souffle à l'âme interrogée,
Pour l'amour du pays qu'il s'exhale, et chez tous
Porte le même amour, de sa gloire jaloux.
D'un peuple qui fut grand et qui doit l'être encore,
Je l'espère, en dépit des jours que je déplore,

Je dirai le malheur, le malheur sans pareil ;
Plus heureux qui dira son glorieux réveil !
Tel qu'un malade usé par de trop longues fièvres,
Moi, la tristesse aux yeux ou le sarcasme aux lèvres,
Appelant l'avenir qui marche à pas si lents,
Ma plainte accusera les crimes triomphants :
Comme il ne fut jamais d'ère au mal si fidèle,
L'œuvre que j'entreprends n'a pas eu de modèle,
Et plaise à Dieu qu'en France aucun autre après moi
N'ait encore à chanter plus de honte et d'effroi !

LES BOULEVARDS

La France tout entière a ressenti l'injure.
(Amiral FOURICHON.)

Au son des guerrières fanfares
Quand nos braves soldats s'en allaient vers les gares,
Pour nous défendre des barbares,

Tout Paris enlevé par des souffles puissants
Acclamait par ses fiers accents
De la France et du droit les vengeurs menaçants.

Les uns marchaient à la victoire,
Les autres à la mort, tous montaient vers la gloire,
Grand. souvenir pour notre histoire !

Le peuple enthousiaste auprès de nos soldats
Chantant, pleurant, marchait au pas,
Portant au dos leurs sacs et leurs fusils au bras.

Tous ces enfants de la patrie,
Soldats et citoyens, leur âme était meurtrie
Par l'insulte et la fourberie.

Du sang ! il faut du sang pour laver notre honneur,
Et la vengeance est un bonheur
Pour quiconque n'est pas un lâche raisonneur !

Oui, notre âme est toute en courage,
Hommes, femmes, enfants, dans tout sexe, à tout âge,
Nous avons rugi de l'outrage.

Mais les plus irrités n'étaient point parmi nous,
Citoyens au juste courroux,
Soldats qui combattrez et qui mourrez pour nous !

Ceux qui pâlirent de colère,
Ce sont des Français même à qui l'on vit déplaire
Le beau délire populaire ;

Ces mutins, gros de fiel, qui sur nos boulevards,
Quand vous passiez sous leurs regards,
De leur langue sur vous ont décoché les dards.

Ils ont sifflé, ces patriotes,
Sifflé nos fantassins courant sur les despotes,
Sifflé les marins de nos flottes !

Et vous, sous vos talons vous ne les avez pas
Brisés, broyés, ces apostats,
De nos troubles civils innommable ramas !

Le long des maisons indignées,
Elles ont donc pu fuir ces bandes épargnées,
A toute honte résignées !

Hélas ! quand la patrie est peut-être en péril,
Ils poussaient comme un cri viril :
« La paix ! vive la Prusse ! » ô ravalement vil !

Dans quels cercles du noir abîme
Iront ces forcenés que la haine envemine,
Pour avoir commis un tel crime ?

Si l'un d'entre eux vous dit : je suis républicain,
Vous répondrez avec dédain :
Eh bien ! traître, va-t-en l'autre côté du Rhin !

L'or de la Prusse nous inonde
A payer des bandits la voix nauséabonde
Pour souiller Paris quand il gronde.

L'ennemi du dehors, nous ne le craignons pas !
Mais que derrière nos soldats,
Dans la foule abrités, hurlent des scélérats ;

Que déjà de ces faux prophètes
Les exécrables vœux espèrent des défaites
Qui seraient leurs plus belles fêtes,

Bravi d'estaminet qui voudraient tout piller,
Jouir de tout sans travailler,
Dormir, et pour le mal seulement s'éveiller ;

Si vous avez assez de gloire,
Soldats, pour étouffer la hideuse mémoire
De ce défi blasphématoire,

Nous citoyens, du fond de nos cœurs assombris
Nous écrasons sous le mépris
Ces honteux alliés de la Prusse à Paris.

FORBACH.

Ils sont morts, ils sont morts nos braves,
Trahis par le sort des combats :
Écrasés sous le poids d'innombrables esclaves,
Ils sont morts, ils sont morts nos braves,
Et la France a pleuré ses plus vaillants soldats.

Jusqu'à leur dernière cartouche
Ils ont vaincu, nobles lutteurs,
Puis ils sont tombés morts, l'œil encore farouche :
Jusqu'à leur dernière cartouche
Ils ont troué les rangs de ces gladiateurs.

Nos ennemis dans leur colère
Ont massacré jusqu'aux blessés :
Ainsi par le forfait ils ont souillé la guerre ;
Nos ennemis dans leur colère
Craignent-ils donc encor des Français renversés ?

Mort aux Prussiens, mort aux Vandales
Qui pour le crime sont armés !

Assassins et voleurs tomberont sous nos balles ;
          Mort aux Prussiens, mort aux Vandales,
Et qu'ils soient de l'Europe à jamais supprimés !

          Que de Paris à la frontière
          Courent encor d'autres héros ;
Que la France aux Prussiens soit un grand cimetière !
          Que de Paris à la frontière
S'élancent les vengeurs sur ces lâches bourreaux !

          Ayons les vertus de la haine
          Contre les tigres déchaînés,
Hors la loi, ces buveurs du sang de notre veine !
          Ayons les vertus de la haine,
Point de quartier ! frappons, mais des coups acharnés !

          Par le sol de notre patrie
          Qui commande un suprême effort,
Jurons de la purger de leur race pourrie !
          Par le sol de notre patrie
Jurons d'exterminer les barbares du Nord !

LA BOURSE

(6 aout 1870)

Que le gain a bon goût, de quelque endroit qu'il vienne.

(REGNIER. — Macette.)

Donc, Prussiens et Français, les vautours et les aigles,
Aux yeux pleins d'un feu dévorant,
Selon ce que la guerre a de nouvelles règles
Pour faire couler plus de sang,
Au temps de la moisson écrasez tous les seigles
Cyclone, avalanche ou torrent !

En avant ! et tombez, grâce à la mitrailleuse,
Plus nombreux que les épis mûrs,
Faites que de la Mort, la bonne travailleuse,
Aujourd'hui tous les coups soient sûrs :
Près des trous que, le soir, à la hâte on vous creu se
Rôdent les loups-cerviers impurs.

Jamais ils n'ont vécu que du malheur des autres,
Ces impitoyables pillards,
Et, fripons de la Bourse, ils ne sont pas des nôtres,
Du sort observateurs cafards,

Mais ils guettent nos morts, Prussiens, comme les vôtres,
    Attendant l'heure des brouillards.

Ainsi le plus honteux des plus honteux négoces,
        Sous couleur de la liberté,
Fabrique impunément ses mensonges féroces
        Sous les yeux du peuple irrité,
Et le soldat ne peut d'avance à coups de crosses
        Venger son cadavre coté.

Malheureux combattants, égorgez-vous encore
        Au profit des tiers ennemis,
Si, pour ne pas échoir à leur dent carnivore,
        Il n'est, en dégaînant, admis
Qu'on pende entre les camps tout ce qui déshonore
        Les ennemis et les amis !

LE COUP DE MAIN

(LA VILLETTE, 14 AOUT 1870)

Fraus odio digna.
(CICÉRON. — Devoirs.)

Pauvres pompiers de la Villette,
Victimes des républicains,
A vous la pitié du poète,
Quand on en garde aux assassins !

Ah ! Forbach ! ils dressent l'oreille
Et se font signe pour le mal
Ces républicains de la veille
Qui n'attendaient qu'un jour fatal !

Guidés par un vieux saltimbanque
Qui prêche les assassinats,
Ils égorgent ; mais le coup manque,
On empoigne les scélérats.

Exaspéré de tant d'audace,
Le peuple demande à nos lois
Qu'en dépit de la populace
La mort punisse leurs exploits.

Mais dans la Chambre libérale,
En faveur de ces brigands-là,
Le grand professeur de morale,
Simon sans vergogne parla :

« Lorsque la patrie en alarmes
Sur ses fils compte éperdûment,
Ces étourdis n'ont pris les armes
Que par excès de dévouement.

N'allez donc plus leur faire attendre
Son salut dans une prison :
Vous ne pouvez qu'à la défendre
Ils n'aient eu quelque peu raison. »

Quand parle un homme de la sorte,
Qu'il soit ou non logicien,
Partout on le flanque à la porte,
A la Chambre on s'en garda bien.

Tout au plus les mit-on en cage
Ces oiseaux trop aventureux ;
Mais ce sont oiseaux de passage :
Qui veille à la porte sur eux ?

AUX TUILERIES

La garde en fut commise à ma fidélité.
(Racine.)

Du grand Arc-de-Triomphe aux mornes Tuileries
Le soleil retirait ses lueurs amoindries,
Aux tristesses du soir délaissant la cité,
Car Paris était triste et pourtant agité.
Pour la France et l'Époux, pour l'Enfant et l'Armée,
Seule, dans sa douleur une femme abîmée,
Au coin de la fenêtre, et des pleurs dans les yeux,
Immobile, penchait son front majestueux.
Celle qui fut heureuse à soulager les peines
Hélas ! se souvenait, comme toutes les reines,
Qu'à l'heure du danger, pour le trône et pour tous,
Nos plus grands ennemis sont au milieu de nous.
Par-dessus le jardin, dans l'air des rumeurs vagues,
Comme aux soirs d'ouragan le premier bruit des vagues,
Battaient déjà les murs, annonçant pour demain
Ce que son fier courage affronterait en vain.
Dans son rêve sanglant défilaient devant Elle
Les ombres du passé que le présent rappelle,
Un roi juste, une reine au trône le plus haut
Arrachés, et tous deux jetés à l'échafaud ;

Un enfant torturé pour un reste de vie
Qui des séditieux inquiétait l'envie ;
D'autres sceptres encore ou glaives d'empereurs
Tous brisés par la plèbe aux stupides fureurs,
Des prisons, des exils, deuil de toutes nos gloires,
Et nos divisions, troubles expiatoires ;
Puis ce peuple, jadis amoureux de ses rois,
Par l'insulte aujourd'hui croyant fonder ses droits,
Pauvre peuple sans chef, qui s'égare et vacille,
Impuissant à trouver dans l'émeute stérile
Un seul guide, et réduit, ne sachant où finir,
A prendre des tyrans chargés de le punir,
Ces tyrans, dont la peur irrite le vertige
Et craint l'opinion dès que le sang se fige,
Attachant sous la hache au nom de liberté
Tout rival, le vaincu qui meurt discrédité.
Tel, dans le grand palais du plus beau des royaumes,
Tournoyait devant elle un essaim de fantômes ;
Mais Elle, jouissant du bien fait aux ingrats,
Contemplait l'avenir et n'en frissonnait pas.

Du salon tout à coup s'entr'ouvre la portière ;
Un homme entre et s'incline : à sa vertu guerrière
La gloire offre, en retour de Paris délivré,
Un prix tel que jamais nul n'en fut honoré,
Puis cet homme est chrétien : un si glorieux titre
Donne à la conscience un Dieu vrai pour arbitre ;
Quand autour du devoir les doutes font la nuit,

La loyauté chrétienne est un flambeau qui luit.
« — Vous ici, général ? mais c'est donc ici même
Qu'arrivent les Prussiens pour la lutte suprême ? »
— « Oui, Madame, et c'est moi que votre auguste Époux
A choisi pour défendre et notre honneur et vous ;
Au peuple de Paris je fais prendre les armes,
Et notre dévouement calmera vos alarmes ;
Devant nos ennemis le peuple n'est plus qu'un,
Les partis font silence et pas un seul tribun
N'a, je le sais, la haine assez envenimée
Pour ne souhaiter pas le salut de l'armée. »

L'Impératrice alors d'un regard anxieux
De l'homme qui se trompe interrogeant les yeux :
« Je rends grâce à l'ardeur que le ciel vous inspire,
Mais ce qu'il faut sauver, ah ! c'est plus que l'Empire,
C'est la France ! l'émeute est prête, et l'on vous ment ! »
— « Je suis breton, madame, et j'ai prêté serment. »
— « La patrie avant tout ! son péril est le nôtre,
Je ferai mon devoir : allez faire le vôtre ! »
Et quand l'homme sortit, elle joignit les mains :
« O Dieu ! vous qui sondez le vouloir des humains,
Quand tout pèse sur moi, que ma tâche bénie
Pour le salut commun trouve la France unie,
Et que chacun soit prêt, ceux-ci pour commander,
Ceux-là pour obéir, tous pour me seconder ! »

NARCISSE

Je vous laisserai faire tout ce que vous voudrez.

(Satyre *Ménippée*.)

O bons Parisiens ! si tout change en ce monde,
Si tout change, excepté votre humeur vagabonde,
Ne soyez donc surpris que Trochu se soit fait
De son sabre une plume où l'encre ne manquait ;
Si la lame de l'un n'est point de sang rougie,
Le bec de l'autre pleure une molle élégie :
Il oublia la rime : à ses contre-bons-sens
Je m'en vais l'ajouter pour les rendre évidents.

« Citoyens ! disait-il, en tapissant d'affiches
Tous les murs de Paris de la plinthe aux corniches,
La plupart d'entre vous ne me connaissent pas,
Vous saurez qui je suis après les résultats.
C'est moi qui défendrai la grande capitale !
Moi ! voyez, quel honneur ! quelle œuvre colossale !
A la limite d'âge, hélas ! bientôt la loi
Me va mettre en réserve et m'ôter mon emploi ;
Mais enfin parmi vous j'aurai fait tant de choses
Que, lavant de guimauve un jour mes ankyloses,
Suivant l'us des Romains à l'égard de leurs preux,
La couronne du siège ornera mes cheveux.
J'ai confiance en vous : aidez-moi, je vous prie,
Et je fais le serment de sauver la patrie.

Seulement je desire un peu d'ordre chez vous,
Dans l'esprit, dans la rue il faut être moins fous ;
Quand je vous parlerai, moi qui suis responsable,
Écoutez bien en moi l'oracle intarissable ;
Je vous prendrai la main, assurez-vous sur moi,
Je garde mon secret, gardez-moi votre foi :
Mon plan chez mon notaire est et reste en minute,
Vous en aurez lecture, oui, mais après la lutte ;
Un peu de patience, et vous verrez alors
Que j'ai fait pour le mieux sans avoir aucuns torts.
Vous, sereins, et moins prompts à crier qu'à vous taire,
Soyez donc un grand peuple à l'aspect militaire,
Calmes comme un lion dont on avait médit,
Qui lentement se lève et tout à coup bondit.
Votre patriotisme aimant peu la police,
Si dans la rue enfin le désordre se glisse,
L'autorité morale en sera le seul frein,
Oui, le seul qui convienne au peuple souverain.
Donc si quelque ennemi de notre paix publique
Autrement que vous tous pense et tout haut s'explique,
Citoyens, courez sus, puis de vos propres mains
Faites-vous-en justice, et tant pis pour ses reins !
C'est ainsi que mon bras sauvera la grand'ville ;
Après quoi je prendrai ma retraite à Belle-Isle ;
Cincinnatus plantait des choux, j'en planterai,
Obscur ici je vins, obscur je m'en irai,
Pour être ambitieux mon cœur est trop sincère :
Sur ce, Dieu vous bénisse, et vous tire d'affaire ! »

Voilà ce que Trochu songe, compose, écrit ;
Si ce n'est pas le texte, au moins c'en est l'esprit :
Mon vers est un flambeau dont la lumière franche
Sur l'abîme bavard des vains discours se penche,
Et jusqu'au fond éclaire et le vide et la nuit
D'où sort, comme un hibou, chaque mot à grand bruit.
Fier de sa plume, ainsi se pavanait un homme :
Moi d'abord ! et toujours le moi du majordome,
Comme si tout Paris, le maître étant absent,
N'avait d'oreille et d'yeux que pour ce moi présent !
Maintenant à cheval ! sabre en main, par les rues
Allez caracolant sur le front des revues,
De ce peuple excitez le délirant espoir,
Vous qui n'osiez pas même en vous le concevoir !
Quand les Prussiens marchaient sur nous, ce pauvre sire,
Hélas ! n'avait-il pas autre chose à nous dire,
N'avait-il donc pas d'âme, et le danger de tous
N'a donc aiguillonné ni sa voix ni son pouls !
Œuvre sentimentale où la vanité pose !
Un héros qui jabote enroué par sa prose !
S'il ne sait plus au feu conduire un bataillon,
De grâce à ce rhéteur que l'on mette un baillon.
Flasques velléités dans les bras et dans l'âme,
O phraseur, rien de plus ! et bizarre amalgame,
Les bons Parisiens se sont plu de tout temps
A rire des badauds et croire aux charlatans !

SEDAN

Tout est perdu, fors l'honneur.
(FRANÇOIS Ier.)

Des milliers de canons hérissent les collines,
Chaque colline est un volcan
Dont les torrents de feu dévorent les ruines
De la ville qui fut Sedan.

Nos malheureux soldats écrasés par le nombre
Et par l'avalanche de fer,
Vers l'horizon fermé jettent un regard sombre,
Cherchant une porte à l'enfer.

La porte! il n'en est point. Ni combat, ni retraite,
Et le fer pleut sans s'arrêter ;
Quelques heures encore, et la Mort qui s'apprête
A cent mille hommes à compter.

Pour des républicains qu'est-ce que cent mille hommes
Qui vont succomber aujourd'hui,
Pour des républicains de leur sang économes
Et prodigues du sang d'autrui?

Oui, sur nos boulevards j'ai de lâches bravaches
Entendu les cris de fureur

Outrager, sans avoir peur des coups de cravaches,
        La bravoure de l'Empereur.

Comme s'il pouvait craindre au milieu des batailles,
        Celui qui sauva les Français
Au risque de laisser sa tête aux représailles
        Qui devaient suivre l'insuccès !

Les morts autour de lui tombent, tombent sans cesse,
        Et lui, se voyant épargné,
Aux mains de l'ennemi, calme dans la détresse,
        Il s'est noblement résigné.

Au désespoir des siens il a sauvé la vie,
        Plus haut que le féroce orgueil
D'inscrire avec son nom, pour étonner l'envie,
        Leurs noms sur son propre cercueil.

Un empereur vaincu, c'est la fin de l'empire
        Sans un dernier coup de fusil ;
Il le sait, il n'attend que la mort qu'il désire
        Dans la prison ou dans l'exil.

Ce qui tombe à Sedan avec la grande armée
        Dont l'honneur reste seul debout,
C'est la France elle-même en Paris abymée
        Par un forfait que rien n'absout.

De nos républicains l'âpre allégresse affronte
          L'abattement et la douleur,
Et Sedan a sur nous fait éclater la honte :
          Waterloo ne fut qu'un malheur !

L'AUTRUCHE

> Vous voulez donc faire de la France une
> vaste caserne ?
>> (*Députés de l'opposition.* -- 1867.)

> Prenez garde d'en faire un vaste cime-
> tière.
>> (Maréchal NIEL. — 1867.)

Un jour que Niel, le prévoyant ministre,
Priait la Chambre, et presque à ses genoux
La suppliait de nous remettre à tous
Un bon fusil, craignant l'heure sinistre
Où l'étranger apparaîtrait chez nous :

« Bah ! cria Thiers (propre à rien, quoi qu'il fasse,
Et propre à tout en discours très verbeux),
Vous avez peur ! mais de quoi ? qui menace ?
Qui ? les Prussiens ? trop occupés chez eux
A dépouiller l'Allemagne tenace,
Ont-ils le temps de vous prendre aux cheveux ?
Croyez-vous bien ce peuple si vorace ?
Ils n'oseraient, fussent-ils plus ardents,
Vous faire voir la couleur de leurs dents.
Quand ce serait ! mettons la chose au pire,
Combien sont-ils ? moi qui sais le menu
En statistique et qui suis reconnu

Pour ne risquer sur ce point-là mon dire,
De l'Empereur si quelque ardélion
En fait le compte à près d'un million
Tant officiers que soldats jusqu'aux fifres,
Moi, je vous prie au nom du sens commun
De ne point croire au mensonge des chiffres,
Ombre chinoise, oui, mais de corps pas un.
A Sadowa, la chose est fort certaine,
Ils étaient deux ou trois cent mille à peine,
Un de plus, non ! où l'auraient-ils trouvé ?
Et bien leur fut qu'en sept jours la campagne
Leur eût permis d'atteindre en Allemagne
Le résultat par leurs aïeux rêvé.
Ne hâtons rien : même après leur menace
N'auriez-vous point toujours deux ou trois mois
Pour appeler, organiser sur place
Nos jeunes gens, nos mobiles adroits
Et tout bouillants, dont le zèle et l'audace
Peuh ! voudraient mieux que ces maigres exploits ?
Besoin n'est donc en la paix où nous sommes
Ni de canons, ni de fusils, ni d'hommes ;
Tout cela coûte et ne rapporte pas :
De nos écus mieux vaut être économes ;
Et, croyez-m'en, reprenons gais ébats ! »

Discours fatal du vaincu de Décembre
Contre quiconque a raison contre lui !
Discours fatal, applaudi d'une Chambre

Qui dans son nom croyait voir un appui :
Elle oubliait que de ce nain si leste
Les talents même en tout temps nous ont nui,
Qu'en rabâchant toujours l'ordre et la sieste,
C'est le désordre et l'émoi qu'il produit
Et de l'Etat la ruine qui suit.
Type achevé de notre bourgeoisie
Qui se rengorge en son petit bon sens,
Et, fermant l'œil sur les dangers pressants,
S'étonne un jour de s'y trouver saisie ;
Comme en voyant le chasseur redouté,
Derrière un tronc l'autruche met sa tête,
Ne le voit plus, plus ne s'en inquiète,
Et tout à coup prise, la pauvre bête !
Se dit encor : qui s'en serait douté ?

Niel, effrayé de ces jeux d'éloquence,
Ne riait point. Muet et pâlissant,
Il avait eu vision de la France
Comme au travers d'un nuage de sang.
Homme de bien et savant aux batailles,
Son esprit net évitait les broussailles
Du vieux sophiste et courait droit au but :
Ce grand soldat aimait trop la patrie
Dont sa prudence aurait fait le salut,
Pour amuser aussi la galerie
De mots brillants qu'il laissait au rebut.
« Ah ! leur dit-il avec un noble geste,

Si par devoir je me tais sur le reste,
De nos périls j'ai pu vous avertir ;
En se brisant tout mon cœur vous atteste
Que vous saurez le poids du repentir ! »

On se moqua de ce sonneur d'alarme,
Il descendit de son banc, il se tut,
Rentra chez lui, dévorant une larme,
Se coucha triste, et le héros mourut.

LE PONT DE LA CONCORDE

(4 septembre 1870)

L'amour du bien public est une chimère
chez nous ; nous ne sommes pas des citoyens, nous ne sommes que des bourgeois·
(VOLTAIRE)

Et pourtant notre histoire a brillé sur toute autre !

Retenez, citoyens, à leur honte et la nôtre
Et livrez treize noms à la postérité ;
Eux et nous avec eux nous l'avons mérité,
Eux pour l'escamotage à Paris ordinaire,
Et nous, dupes toujours, pour l'avoir laissé faire :
Emmanuel Arago, Picard, le juif Crémieux,
Défenseurs des mutins et plus séditieux ;
Garnier-Pagès, vieil homme où les fausses idées
Par l'esprit de famille ont été fécondées,
Pelletan, tribun terne et prudent émeutier,
Gambetta, d'un benêt politique héritier,
Simon-Suisse, un penseur de bibus à l'air grave,
Glais-Bizoin le loustic, maître-gilles qui bave,
Ferry, pauvre avocat, tel qu'il en est beaucoup,
Peu de sens, mais toujours prêts pour un mauvais coup,
Rochefort, sot d'esprit, indépendant corsaire,

Et l'oracle de tous, Favre, un ancien faussaire ;
Ajoutez à ces noms Thiers, le plus dangereux,
Qui ne marche à l'assaut que caché derrière eux,
Et des forfaits de tous que de loin il dirige,
Profite, ambitieux dont l'œil est sans vertige :
Tous sophistes rusés qui passaient orateurs,
Gagnant contre l'Empire un brevet d'insulteurs,
Et chez qui le pouvoir dans une heure de crise
Révéla des tribuns quelle est la couardise ;
Tous par l'outrecuidance et l'incapacité
Ardents à démolir l'ordre ressuscité,
Pour fonder sur la foule à leurs vœux convertie
De leur société la plate dynastie.
Au trône, que nos rois firent jadis si grand
Qu'après nous était fier tout peuple au second rang,
Voilà les successeurs ! et maintenant l'Europe
Prend les Français pour gens d'un commerce interlope.

Jusque-là la discorde obéit à sa loi,
Donnant à ses suppôts leur rôle et leur emploi ;
Mais comme un feu sinistre en un lieu de débauche
Eclate, et tout à coup, derrière, à droite, à gauche,
Dévore sans pitié, trop près du mauvais lieu,
Les toits où la pudeur se recueillait en Dieu,
Le vertige du mal qui ne laisse pas même
Le temps de se cabrer à notre raison blême,
Le mal s'élargissant sans être combattu,
A, par un vil contact, dévoré la vertu,

Et Trochu, ce dévot dont l'âme est mal trempée,
A l'émeute livra l'honneur de son épée,
Quand il devait, sans tache et grand par le mépris,
Aux meneurs de la tourbe en jeter les débris.
C'est le respect des lois qui sauve la patrie ;
Mais s'il n'osait combattre une émeute qui crie,
Quelle erreur le fit donc passer de son côté ?
L'exemple du grand nombre est-il la vérité ?
Pourquoi donc, oubliant son devoir légitime,
A-t-il des criminels légalisé le crime ?
Homme d'obéissance et de commandement,
Breton, chrétien, soldat, un jour il se dément,
Il croit que du désordre où se vautrent les masses
L'ordre s'en va renaître avec ses paperasses,
Et que sur tous nos murs, lui-même révolté,
Il suffit d'un appel à la moralité !
La plèbe en se riant de tout froid moraliste,
Dédaigne qui la flatte et craint qui lui résiste.
Brutale, elle ne sait respecter que la main
Qui force son caprice à garder le chemin.
Hélas ! quel honnête homme en se hâtant de clore
Son âme aux nouveautés dont le vent nous dévore
N'a pleuré sur la France à voir un tel soldat
Prendre des larrons même un rebelle mandat.
Ah ! moi-même Breton, il m'a donc fallu croire
Que par lui, le premier, en face de l'histoire
Nous baisserions la tête, et mon âme en courroux
A crié : « Le scandale est au milieu de nous ! »

2.

De la perte d'un homme, épouvantable exemple !
Qui le pourra laver ce crime, et dans quel temple !
Ah ! malheur sur nous tous, et honte au parjuré
Convoitant des honneurs qui l'ont déshonoré !

Preux des siècles éteints ! ô chevaliers fidèles,
Dont le cœur valait seul plus que des citadelles,
Vous qui saviez mourir alors que le serment
Etait à la parole un éternel ciment,
Que les anges là-haut, fiers de votre noblesse,
A votre loyauté cachent tant de faiblesse,
Car vous n'étiez encore républicains, et nous....
Preux des siècles éteints, chevaliers, gloire à vous !

Si le chef obéit à la plèbe insolente,
Un jour sa fermeté s'ébranle, et sur la pente
Roule sans point d'arrêt, bloc de neige éperdu
Qui se souille à la fange et disparaît fondu.
Au lieu de commander d'une voix, d'un œil fermes,
Il souffre que d'un ordre on discute les termes :
Marche ! vole au combat! non, dès qu'il faut agir,
Son courage indécis a cessé de rugir,
Tels, sous nos tristes yeux un bras né pour la guerre,
Tiraillé çà et là par les mains du vulgaire,
Retomba sans espoir, et le sabre outragé
Dans le coin d'un bureau dormit découragé.
De tout un peuple alors, grâce au funeste exemple
Du chef qui, dans son crime, esprit fat, se contemple,

La conscience flotte à tout événement,
Sur le mal et le bien se trompe également,
De son propre malheur, folle, accuse tout maître,
Venge sur lui ses torts et lui jette un cri : Traître !
Hélas ! dans la tourmente où nous fûmes livrés,
Combien de nobles cœurs qui se sont égarés !
En dehors du devoir, du droit, de la justice,
Les sentiers de l'erreur mènent au précipice,
Mais si l'on peut railler les méchants d'un faux pas,
De la chute des bons qui ne se plaindrait pas ?
Ils étaient notre appui contre ces jours de crise,
Eux-mêmes ils étaient sûrs de notre franchise,
Puis au mal qui triomphe ils prêtent leurs vertus ?
Voilà la trahison qui nous trouve abattus !

Ainsi, sans que jamais l'histoire nous instruise,
La France de secousse en secousse s'épuise,
Ingrate aux souverains qu'elle a tous bafoués,
Et n'obéissant plus qu'à ses tribuns roués,
D'or, de sang et d'honneur perfidement saignée,
Dès qu'au pouvoir multiple elle s'est résignée,
Lasse de vains essais qui l'écartent du but,
Faible, et désespérant peut-être du salut,
Elle s'écoule toute à remplir de tels guides
La vanité sans fond, tonneau des Danaïdes.
Et nous, sacrifiés par des gens sans aveu
Qui du même dédain frappant lois, peuple et Dieu,
Quand, patriotes faux que la France renie,

Ils souillent nos revers à leur ignominie,
Ne nous reste-t-il plus, eux n'étant point jugés,
Qu'à maudire sans fin, mais sans être vengés ?
Près du Palais-Bourbon, au pont de la Concorde,
Pour nous faire rougir et punir cette horde,
Là même où notre honneur sous l'émeute a pu choir,
Comme pour un tombeau mettons un marbre noir,
Et que chaque Français, en entrant à la Chambre
Relise avec douleur ces mots : Quatre Septembre,
Puis les noms vaniteux qui craignaient d'être obscurs,
Par le malheur de tous légués aux temps futurs,
Puis de la Vérité l'implacable sentence
Où le crime à son tour lira sa déchéance :
« La France était vaincue, et ses durs ennemis
Lui firent moins de mal que treize de ses fils. »

A TABLE

Ce n'est pas sur ce coup que je fais mes essais.

(CORNEILLE. — Le Menteur.)

Le nain léger qui caquète,
Rentré du Palais-Bourbon,
Dit en piquant sa fourchette
Dans un succulent jambon :
   « Et c'est toujours,
   Landerirette,
Même succès pour mes discours !

« Décembre vit ma défaite ;
Mais son empire est défait.
L'Empereur bat en retraite
Devant moi qu'il retardait.
   Et c'est toujours,
   Landerirette,
Même succès pour mes discours !

« Etourneaux, bande jeunette,
Goûtez d'abord au pouvoir...
Dieux ! quelle bonne alouette

On m'a fait rôtir ce soir !
    Et c'est toujours,
    Landerirette,
Même succès pour mes discours !

  « Avec des gens de guinguette
Enivrez-vous de fracas :
Moi, j'attends et je vous guette
Pour régner seul sur le tas.
    Et c'est toujours,
    Landerirette,
Même succès pour mes discours !

Pliant alors sa serviette,
« Ah ! dit-il, peuple insurgé,
Que tu fais bien l'omelette
Pour l'homme adroit et rangé !
    Et c'est toujours,
    Landerirette,
Même succès pour mes discours ! »

Or, sa bourgeoise, en toilette
Pour fêter ce jour aussi,
Ne pouvait rester muette
Devant l'époux, son souci :
    « Et c'est toujours,
    Landerirette,
Même succès pour vos discours ! »

Il lui prend la taille, et jette
Un : « Je t'adore ! » et tous deux
Faisant mainte pirouette,
Le salon tourne à leurs yeux :
    « Et c'est toujours,
      Landerirette,
Même succès pour nos discours ! »

LES DOUZE APOTRES

Lorsque je les eus entendus, je ne fus
pas surpris de les voir ensemble.

(LESAGE.)

Au grand salon de leur Hôtel-de-Ville,
Par le succès déjà justifiés,
Nos dictateurs formèrent un concile
Dont les badauds furent édifiés.

« Bien, voulez-vous ma confiance entière ?
Dit Saint Trochu, bizarre homme de foi,
Si me faut-il être sûr qu'avec moi
Etes d'accord sur certaine matière :
Admettez-vous comme une trinité
Dieu, la famille et la propriété ? »
—« Dieu.... mais lequel ? » demanda Simon-Suisse,
Qui d'un air vague à l'entour regardant,
Méticuleux, posait quelque prémisse
Sans rien conclure, et toujours éludant.
« Messieurs fit-il dans une essence pure... »
— « Çà, dit Picard, te moques-tu de nous ?
Nous avons bien le temps d'attendre. Jure
Que Dieu c'est Dieu, c'est plus clair pour nous tous
Que tes bouquins, et bien moins, je t'assure,
Compromettant. » — « J'y consens, mes amis. » —

On passe aux voix, Dieu tel quel est admis.
De saint Trochu l'œil naïf s'écarquille,
Mais par prudence il pardonne aux damnés
Puis il reprend : « Maintenant la famille ? »
Favre se gratte un tantinet le nez :
« Je ne sais trop ce que cela veut dire,
Mais point ne veux contre elle en faux m'inscrire ;
Le mariage... enfin vous comprenez ! »
Il vota pour, et tous firent de même.
— « Examinons la question troisième :
Vous, Rochefort, qu'en pensez-vous au fond ?
Il répondit : « Hein ! » Favre à l'instant s'engage
Pour le muet, et trop bavard répond :
« Oh ! celui-ci de tous est le plus sage. »
Le bon billet qu'a Trochu tourmenté !
Le pamphlétaire étant un point de mire
Sur les talons tourne, et d'un méchant rire :
« Va, s'il le faut, pour la propriété ! »
On se regarde à la ronde, on l'admire,
L'article passe à l'unanimité,
Et le Béat se sent comme acquitté.
Sa conscience étant sûre des autres,
« Embrassons-nous, dit-il, ô bons apôtres ! »
Et, sabre au poing, transporté d'un beau feu :
« La République a fondé son Eglise,
Nous ne craignons plus rien qui nous divise ;
Gare aux Prussiens ! nous prendrons la devise
Pour la patrie avec l'aide de Dieu ! »

LA LOI

C'est grand'pitié quand le valet chasse
le maître. Au reste, mon âme est à Dieu,
ma foi est au roi, et mon corps est aux
mains des méchants : ils en feront ce
qu'ils voudront.

(Achille de HARLAY.)

Jouant sur les tréteaux du chancelant pouvoir
    Un rôle qui les embarrasse,
Les douze charlatans balançaient l'encensoir
    Vers le nez de la populace :
« O peuple ! ton courage a reconquis tes droits
    Sur l'impuissante tyrannie,
Enfin la République est le règne des lois
    Faites au coin de ton génie !.»

Le discours était long, tel qu'en font les menteurs
    Dont le bavardage a des masques,
Car sur une ombre, un rien, pour les usurpateurs
    La plèbe a des retours fantasques.
Ils avaient tout prévu, tout, lorsqu'un délégué
    Des clubs, berceau de ces Basiles,
Un républicain vrai, des planches élagué
    Comme tant d'autres malhabiles,
Farouche, l'œil haineux et le poing menaçant,
    Du milieu des badauds débusque,

Fait craquer les tréteaux d'un pas retentissant,
    Et devant eux apparaît brusque :
« Pour deux ou trois pompiers à coups de revolvers
    L'autre jour mis hors de service,
Nos frères précurseurs sont encor dans les fers,
    Des clients de Simon le suisse !
Avant la République ils n'ont point hésité,
    Martyrs aux généreuses fibres :
Pour du peuple, comme eux, avoir bien mérité
    Signez cet ordre, et qu'ils soient libres!

Les Basiles entre eux, sans échanger un mot,
    D'un regard furtif se lorgnèrent:
« C'est juste, citoyen ! juste était le complot. »
    Et l'ordre infâme, ils le signèrent.
Répugnances du cœur, nobles instincts fraudés !
    Ainsi la chute fut complète :
Lâches, ils se sont faits complices dégradés
    Des assassins de la Villette.

Oui, vous étiez Français, vous, dignes magistrats
    De notre ancienne monarchie,
Quand, au lieu de livrer à de vils scélérats
    Par la peur une âme avachie,
Fidèles au serment, et forts par le devoir
    Dont vous ne faisiez point un livre,
Votre fière vertu refusait de déchoir
    Devant une populace ivre :
Eh! qui donc eût osé d'un pacte suborneur

Vous imposer le sacrilège,
Magistrats toujours prêts, pour sauver notre honneur,
A tomber morts dé votre siège?
C'est que ce siège auguste, il vous était donné
Par l'autorité légitime,
Mais de nos charlatans lequel n'est pas berné,
Jouet obéissant du crime?

Ah! du Quatre Septembre, où de nos soldats morts
Pendant la lutte exténuée,
L'émeute a dans Paris comme foulé les corps
Sous ses pieds de prostituée,
Qui nous dira jamais l'effroyable malheur
Et l'impudente fourberie?
Qui ne succomberait à sa propre douleur
En peignant la tienne, ô Patrie?
Des hommes qui pouvaient, grâce à la liberté,
Préconiser leur haine ouverte,
Ce jour-là se sont fait un mérite éhonté
D'avoir conspiré notre perte,
Ils guettaient la défaite, et de leur trahison
L'horrible République est née,
Et le crime sort d'elle ainsi que le poison
Sort d'une plante empoisonnée.
Dieu! faut-il que, poète admirateur du beau,
Cette auréole de la vie,
Mes regards se heurtant à ce sale tableau,
Je ne chante que l'infamie!

LE DÉPART DES PIGEONS

Tu viens donc de Paris, dit-il, et à quoy
passez-vous le temps ?

(Rabelais.)

M. Prudhomme.

Pigeons, pigeons si bien nourris,
Où volez-vous loin de Paris ?

Les pigeons.

A la province sous nos ailes
Nous portons de fausses nouvelles.

M. Prudhomme.

Je comprends cette habileté,
Mais qui vous rend la liberté ?

Les pigeons.

Ceux qui de Paris ont su faire
Une prison pour toi, cher frère.

M. Prudhomme.

Et si cela me plaît à moi
De vivre à mon gré sous leur loi ?

Les pigeons.

Eh bien ! rends grâce à tes despotes ,
Vieux Prudhomme, adieu ! tu radotes.

La cuisinière.

Comment vivre quand ces gens-là
Lâchent des pigeons comme ça ?

Les pigeons.

Heureux le pigeon qui s'envole !
Il échappe à la casserole.

La cuisinière.

Mais, monsieur, nous mourons de faim
Pour que vos chefs aient ventre plein.

M. Prudhomme.

Tais-toi, sotte ; eux, c'est la patrie,
Tout dépend du fil de leur vie !

STRASBOURG

Homines feri ac barbari.

(César.)

Tout à coup dans la nuit un sifflement s'élève,
Il s'approche, l'obus passe en déchirant l'air :
Dans son glorieux bronze, et la main sur le glaive,
Kléber, comme arraché soudain d'un mauvais rêve,
Frémit, et son regard aussi lance l'éclair.

« Qu'est-ce donc que j'entends, ô ma ville natale ?
Quoi ? la guerre est chez nous au lieu d'être chez eux !
Par quelle trahison du sort qui nous ravale,
    Même au pied de leur cathédrale
    Nos fils tombent-ils sous mes yeux ? »

Du camp des ennemis, de la rive opposée,
Répondit lentement à ce cri de stupeur
La voix d'un diplomate adroite et méprisée,
Lâche comme un stylet et comme lui rusée,
Et cette fois pour nous l'âme loyale eut peur :

« Grâce aux mille espions sortis de nos repaires,
A vous autres l'honneur, à nous seuls les profits !

Aujourd'hui les lions sont mordus des vipères,
     Et battus jadis par les pères,
     Nous boirons le sang de leurs fils. »

Les maisons s'écroulant, la flamme les embrase,
Forçant à reculer les braves défenseurs ;
Folle en son désespoir la malheureuse Alsace :
« Je t'aimais, cria-t-elle en se voilant la face,
Allemagne, où vas-tu, Dieu ne nous fit-il sœurs ? »

— « Tu dis vrai, lui répond l'Allemagne qui bave
De colère et de honte en la voyant pleurer ;
Mais on me jette aux bras d'un roi qui me déprave.
     Eh bien ! ma vengeance d'esclave
     Veut une esclave à torturer ! »

Sous le feu qui s'étend des livres sont en cendre,
Pur trésor de l'esprit qui n'avait point d'égal,
De son bronze pensif qui n'a pu les défendre
L'âme de Guttenberg se hâtant de descendre :
« Les Allemands sont-ils et la nuit et le mal ? »

— « Frère, ils ne sont point nés pour de meilleures luttes,
Lui dit l'ombre de Gœthe aux fantastiques chants ;
Du beau comme du bien ils conspirent les chutes,
     La nature en a fait des brutes,
     La science les fait méchants. »

Et du côté de l'ouest, sa dernière espérance,
Du haut de ses remparts Strasbourg a regardé :

« Au delà de leur camp c'est le désert immense,
Mère, je n'ai point vu ton étendard, ô France !
Et tes canons pour moi n'ont pas encor grondé. »

— « Ma fille, je te plains, mais plains aussi ta mère !
De plus vils ennemis se sont jetés sur moi,
Enfants dénaturés qui m'empêchent de faire
    A mon gré la paix ou la guerre,
    Et mon cœur seul est avec toi ! »

3.

LA SOUPE

« La vertu n'a que soi pour toute récompense
Quant aux croix, ces joujoux ! sa beauté l'en dispense. »

Ainsi moralisait le stoïque Trochu
Qui, de croix surchargé, s'est du public fichu.

Sur ce dans la campagne il tente une sortie,
Gardes nationaux étant de la partie ;

Car ils veulent tout voir, fût-ce même de loin ;
Tel ce beau bataillon qui ne fut que témoin.

Le colonel leur crie : « En avant ! » mais la troupe
S'assied et fait des feux de Saint-Jean pour la soupe.

Après la soupe on boit, dans l'herbe l'on s'étend,
On cause, on joue, on rit ; le colonel attend.

Et Prussiens d'avancer, ayant vu la marmite ;
Le bataillon se lève et détale au plus vite.

Voilà que pêle-mêle, et courant un peu gris,
Malgré son colonel, il rentre dans Paris.

Combien d'eux n'avaient plus d'armes sur leurs épaules !
« Trahison, trahison ! » hurlaient encor ces drôles.

La plèbe fit chorus et jura que jamais
On ne vit des héros plus vaillants et plus frais.

Très bien ! alignez-vous, ô culotteurs de pipes,
Car le gouvernement cède sur ses principes.

Et, des croix plein la main, il donne électrisé
Ce qu'à la vertu même il aurait refusé.

LE TITI

Rien n'eschet que persévérance.
(VILLON.)

Après les premiers jours d'onglée,
Par le roi de Prusse étranglée
La République est aux abois,
Et voilà qu'à peine installée,
Elle quémande échevelée
Du secours chez les autres rois !

Nos pères ont fait le contraire,
Aux rois ils déclaraient la guerre
Et s'en tiraient comme ils pouvaient :
Dans notre pays pulmonaire
Comme tout change et dégénère !
Ah ! si nos pères le savaient !

Supplié par la sotte junte,
En wagon-lit petit Thiers monte ;
Coup de sifflet ! il est parti.
Dans les cours de l'Europe il conte
Tout le menu de notre honte
Dont il ne s'est point repenti.

Les rois heureux s'en amusèrent,
A ses jolis mots le toisèrent
Et le trouvaient des plus gentils ;
L'un à l'autre ils se le passèrent,
Et poliment ils l'expulsèrent :
« Il n'est pas bête, » disaient-ils.

Bête ! oh ! que non ! moins était bête
Que ceux dont il portait requête,
Ayant prévu résultat nul :
Quel dévouement de forte tête !
Les badauds le hissaient au faîte
Où visa toujours son calcul.

LE RETOUR DES PIGEONS

Ta république, objet d'un si grand zèle,
Lui donnas-tu jamais une semelle ?
(ARISTOPHANE.)

M. Prudhomme.

Pigeons revenus de province,
Que dit-on, que fait-on là-bas ?
Racontez-nous les grands combats.

Les pigeons.

Ah ! si jamais l'on m'y repince...!
Je ne veux plus si loin voler
Pour ne voir que boire et voler.

M. Prudhomme.

Mais enfin toutes ces armées
Que Paris anxieux attend,
Viennent-elles tambour battant ?

Les pigeons.

Nous avons vu très affamées
Des troupes n'ayant qu'un bâton
Et des semelles de carton.

M. Prudhomme.

Nos pères ont eu la victoire
En mille combats réguliers,
Sans pain, sans fusils, sans souliers.

Les pigeons.

Leurs fils auraient la même gloire

Si leurs braves chefs n'étaient pas
Commandés par des avocats.

M. Prudhomme.

Des avocats pourquoi médire
Puisqu'ils nous ont ressuscité
Le règne de la liberté ?

Les pigeons.

Tes grands faiseurs savent proscrire
Maires et Conseils généraux ;
Hors de là, ce sont des zéros.

M. Prudhomme.

Mais la France est en République !
C'est une conquête du moins
Que nous devons à leurs bons soins.

Les pigeons.

Oui, mais voilà ce qui t'explique
Comment la France pour soutiens
N'a plus soldats ni citoyens.

M. Prudhomme,

Vous avez trop d'esprit, ô bêtes !
Ils vont vous tuer et plumer
Pour vous apprendre à les blâmer.

Les pigeons.

T'as d'imbéciles que vous êtes,
Si l'on nous plume après la mort,
Vous, tout vifs, oh ! c'est par trop fort !

LA BALLADE DE JANVIER

> Vous me semblez à une souris empiégée :
> tant plus elle s'efforce soy depestrer de
> la poix, tant plus elle s'en embrène.
>
> (RABELAIS.)

Aux Parisiens amateurs de nouveau
Favre promit l'amusement d'un siège ;
Il tint parole, on lui cria bravo,
Et tout Paris était pris à ce piège
Que lui dressa crainte et ruse, que sais-je ?
Depuis cinq mois qu'on ne fait rien de rien,
Montrez-nous donc le nez d'un seul Prussien,
Car on ne voit ici que neige et pluie,
Et l'on vend cher les cent grammes de chien :
Le siège est long et le peuple s'ennuie.

Favre, empêché de trouver du nouveau,
Va voir Trochu, directeur de son siège :
« Plus ne s'agit, lui dit-il, de bravo,
Nous voilà pris nous-même à notre piège :
Le gros public s'ameute et veut, que sais-je ?
Faites-nous donc tant soit peu plus que rien ;
De son côté que fait donc le Prussien ?
— Je ne sais point, mais il fait de la pluie

A ne pas mettre à la porte son chien :
Le siège est long et le peuple s'ennuie.

Or ils songeaient à ce cas si nouveau
Que des deux parts on se moquait du siège :
Francs et Teutons attendaient sans bravo,
N'avançant pas de peur de quelque piège ;
Faut-il encore un an, dix ans, que sais-je ?
Favre et Trochu jasent beaucoup pour rien,
Redoutant plus Paris que le Prussien :
Car ce Paris qui ne craint que la pluie
S'impatiente, attaché comme un chien :
Le siège est long et le peuple s'ennuie.

ENVOI

Sabre et discours ne servent donc à rien,
O dictateurs en face du Prussien ?
Le baromètre est toujours à la pluie,
Et la patrouille a hurlé : nom d'un chien !
Le siège est long et le peuple s'ennuie.

TAMBOURINAGE

> Les uns mouroient sans parler, les
> autres parloient sans mourir.
>
> (RABELAIS.)

Siège enduré par la foule crédule
Qui n'a point vu qu'un faux gouvernement
Ne sauve rien, et recule, recule
A son profit l'heure du dénouement,
Siège non moins affreux que ridicule,
Que tout cela va, s'en va lentement!

Paris sans pain meurt, il ne peut atendre;
On le sait trop dans le gouvernement:
« Il sautera plutôt que de se rendre, »
Jurait Simon, sauteur du dénouement:
Siège où la foule encore se fait prendre,
Que tout cela va, s'en va sottement!

Rien n'y fut grand excepté la ruine
Qui point n'était pour le gouvernement;
Rien n'y fut grand excepté la famine
Que le sieur Favre exploite au dénouement:
Siège manqué que l'on nous tambourine,
Que tout cela va, s'en va lestement!

LA GUINGUETTE

Estocadeurs à toute outrance,
D'argent comptant grands amateurs.
(VILLON.)

Des gars de Belleville et ceux de la Villette
Geignaient, se lamentaient au fond d'une guinguette :

« Savez-vous, mes amis,
On capitule !
Mais nous a-t-on soumis
Ce qu'on stipule ?

Avec nos trente sous,
Et rien à faire,
Le siège était si doux !
Vive la guerre !

N'avions-nous pour abris
Nos forteresses ?
A-t-on peur dans Paris
De nos prouesses ?

Plus de siège sans fin,
Plus de monnaie,
Plus de litre de vin
Qui nous égaie !

Adieu, charmant hiver
       Des gorges fraîches,
L'été vient, oh ! l'enfer
       Des gorges sèches !

Ceux qu'ont nos mains aidés
       Contre l'Empire,
Ils nous pipent les dés
       Pour un sort pire.

Le pauvre peuple ainsi
       Gémit sans cesse,
Il a tout le souci,
       Eux la liesse !

Les ivrognes alors se levèrent, et saouls,
L'œil sombre, ils se disaient : Frères, que ferons-nous ?

LE MYOSOTIS

(VERGISS - MEN - NICHT)

C'est une erreur que ne pas savoir
mettre des bornes à ses espérances.
(MACHIAVEL.)

Là bas, là bas, vers la mer insensible
Les flots du Rhin ont emporté nos morts,
Flots oublieux d'un crime irrémissible
Et déjà purs de sang et de remords.
    De sa mémoire inattentive
    S'il a déjà pu nous bannir,
    Il reste une fleur sur sa rive
    Et c'est la fleur du souvenir,
    Fleur qui pousse, quoi qu'il arrive,
    Et c'est la fleur du souvenir !

Dans les prés verts quand le rêveur féroce,
Cet Allemand, le joufflu né voleur,
De son fusil laisse tomber la crosse
Sur le cœur d'or et d'azur de la fleur,
    Soudain la pauvrette écrasée
    Lui jette pour derniers défis :
    « Brute orgueilleuse et méprisée,
    Souviens-toi du mal que tu fis ;

Va! la vengeance est aiguisée,
Souviens-toi du mal que tu fis! »

Quand le Français en exil dans l'Alsace,
Sur le sol même où dorment ses aïeux,
Traîne l'ennui de sa haine vivace
Par les prés verts, et va baissant les yeux,
    La fleur se redresse amoureuse
    Et dit à l'amant qui lui plaît :
    « Hélas ! comme ta joue est creuse !
    Souviens-toi du mal qu'on t'a fait,
    Ame qui fus trop généreuse,
    Souviens-toi du mal qu'on t'a fait! »

L'HIRONDELLE

Les Athéniens sont-ils éprouvés par une chute, ils se retournent vers une autre espérance

(THUCYDIDE.)

C'est avec le printemps que la paix qui console
Rend à nos bras vaincus l'espoir de meilleurs jours :
La voilà, la voilà l'hirondelle qui vole
Encor sur les débris des maisons et des tours !

A l'atelier le père et l'enfant à l'école
Des travaux suspendus vont reprendre le cours :
La voilà, la voilà l'hirondelle qui vole
Encor sur les débris des maisons et des tours !

Sur les tombeaux la fleur arrondit sa corolle,
L'air n'est plus agité que du bruit des amours :
La voilà, la voilà l'hirondelle qui vole
Encor sur les débris des maisons et des tours !

LES ALARMISTES

« Mais, Monsieur le Président,
    Si prudent
A diriger nos affaires,
Dites, penseriez-vous pas
    En ce cas
Qu'il faudrait voir leurs repaires ?

Ils ne semblent point là-haut
    De sitôt
Sortir, ni rendre leurs armes :
Tel nombre ont-ils de canons
    Et tromblons
Qu'il nous prend quelques alarmes. »

Devant les gens consternés,
    De son nez
Thiers retirant ses lunettes
Sourit comme un bon papa,
    Les frotta,
Et dit, les voyant plus nettes :

« Vous voilà bien, beaux esprits
De Paris
A l'affût des bagatelles,
Dans les caprices du vent
Ne trouvant
Que choses surnaturelles !

La tentative qu'ils font
Sur ce mont
N'est-elle assez ridicule,
Que vous ayez, vous aussi,
Le souci
De me croire homme crédule ? »

— « Vous nous êtes un garant
Rassurant
Mais avons-nous moins la fièvre ? »
— « Quand je veille sur vous tous,
Comme vous
Me prenez-vous pour un lièvre ?

Et le nouveau baryton,
Qu'en dit-on,
Et vos nouvelles danseuses ?
Vive l'amour et le vin !
A demain
Les affaires sérieuses ! »

MONTMARTRE

Peu d'hommes savent faire accoucher
les événements.

(MONTAIGNE.

« Paris n'a point de populace ! »
Dit Favre, et plus que lui qui jamais fut trompeur,
Quand sous le masque de l'audace,
Aux regards du public il déguisait sa peur ;
Mais déjà, démenti terrible
A tous ces vaniteux qui tombent tour à tour,
Insultés, percés comme un crible,
Par les mêmes coquins dont ils furent l'amour,
Rouge et sale comme une dartre
Qui surgit et bientôt corrompt toute la chair,
Sur la colline de Montmartre
Un camp s'établissait, tout hérissé de fer,
Guettant une heure pour s'étendre
Et ronger ce Paris de honte inanimé,
Hommes lâches pour le défendre,
Et braves pour le vol quand il fut désarmé.
Or Paris, qui de tout s'amuse,
Riait des révoltés dormant sur leurs affûts
Et de la faiblesse percluse
De Thiers et ses vizirs se regardant confus.

A quoi donc servent les ministres
Si, gardiens vigilants de la sécurité,
En face de regards sinistres
Leur courage recule et tremble épouvanté ?
Ne sont-ils pas comme en vigie,
Tant ils sont haut placés sur la tête de tous,
Pour prévoir la démagogie
Et, sur ce, gouverner en parant à ses coups ?
Quel capitaine de navire,
Dans un assaut de mer met trop de toile au vent,
Et pousse à ce point le délire
Qu'il risque une manœuvre à sombrer par l'avant ?
Ah ! faut-il donc si peu connaître
La plèbe et son instinct aux crimes emporté,
La plèbe qui fut le seul maître
Quand d'un cercle la Prusse étranglait la cité,
Pour laisser aux mains criminelles
Des fusils tout chargés contre les gens de bien ,
Oubliant encor que c'est elles
Qui nous ont prosternés devant l'orgueil prussien ?
Souvenirs de l'Hôtel-de-Ville
D'où s'est le ministère à grand'peine échappé,
Dernier coup de tonnerre utile,
Que fallait-il de plus pour être détrompé ?

O dérisoire expérience
Si nos hommes d'Etat n'en profitent jamais !
N'ont-ils jamais d'autre science

Que d'aller à tâtons à travers mille essais ?
Essayer ! bégayer encore,
Faire la remontrance à des canons braqués ;
Dans un discours vain qui pérore
Se perdre, quand déjà nous sommes attaqués !
Puis attendre, et toujours attendre
Avant que de frapper ! puis frapper, mais trop tard,
Alors que vient à se détendre
Tout bras qu'ont énervé des lenteurs de vieillard !
Ce que c'est d'avoir pour doctrine
Le droit des émeutiers, héros de carrefour,
Comme si le vainqueur butine
Sans qu'un autre le suive et le pille à son tour !
C'est plus que la guerre civile,
La République alors, elle-même, entre au jeu,
Et torche en main, quand on l'exile,
Aux tribuns, ses tricheurs, laisse Paris en feu !

LE MONT-VALÉRIEN

Il n'oublia rien d'utile et ne dit rien de
superflu.

(FLÉCHIER.)

Pendant la nuit aussi calme que noire,
Si favorable au somme des heureux,
Dans un lit mou, qui de la bassinoire
Garde avec soin la chaleur transitoire
Contre le froid d'un hiver rigoureux,
Fort satisfait des dernières mesures
Qu'il arrêta contre un peuple émeutier,
Foudre de guerre aux nouvelles allures
Qu'on citerait chez les races futures,
Et près de qui les héros par métier
Ne seraient plus que des caricatures,
Le petit Thiers s'allongeait tout entier.
O doux sommeil! donne tes charmants rêves
A ce bourgeois maître enfin du pouvoir,
Et de ses nuits qui lui semblent trop brèves
Que le réveil réalise l'espoir!

Il s'allongeait, et déjà ses pensées,
Bel arc-en-ciel aux teintes nuancées,

4.

S'évaporaient dans le vague et le bleu :
Il était roi, sa dame était la reine,
Fort amoureux, gentils, vingt ans à peine,
Complimentés des nymphes de la Seine ....,
Pan pan! pan pan!— «Au secours! ah! grand Dieu!
Qu'est tout ceci? mon dernier jour peut-être!
Vite ici, Jean! qui va là! n'ouvre pas!
Sans te montrer regarde à la fenêtre,
Regarde donc ce que cela peut être.....
— Un cuirassier à cheval est en bas.
— Un cuirassier! vite de la lumière,
Mon caleçon, ma culotte, mes bas!
Mazas! Mazas! est-ce une souricière
Où je suis pris? Las, hélas! las, hélas!
Et comment fuir? la porte de derrière,
Vite la clef! viens, Jean, tu fermeras
Sur moi la porte, et tu leur répondras :
Monsieur n'est point. » — La vieille cuisinière
Accourt au bruit : « Le cuirassier attend...
— Quoi? — Que Monsieur pour affaire pressée
Lise une lettre à Monsieur adressée
Et lui remette un ordre au même instant.
— En es-tu sûre? — Oui, Monsieur.—Mais la lettre?
— Je vous l'apporte. — Ah! je respire enfin! »
Puis Monsieur Thiers, nouveau républicain :
« Quel général ose ainsi se permettre,
Passé minuit, de troubler le sommeil
Du Président, et le tient en éveil!

N'était-ce pas assez de la revue
Des régiments, hier encore en cohue,
Que je passais à Versaille aujourd'hui,
Parcourant tout, casernes, écuries,
Examinant guêtres, buffleteries,
Et si chacun a du fil dans l'étui ?
J'en ai fait plus que l'Empereur lui-même,
Mais pour suffire à tant de rude ennui,
On me prend donc pour un vrai Polyphème ?
— Là, calmez-vous, mon maître, lui dit Jean,
Vous n'êtes point habillé, gare au rhume ! »
Et Marguerite ; « On dirait un volcan
Quand de Monsieur l'humeur gronde et s'allume.
Prenez la chose avec moins d'amertume,
Ou vous serez jaune comme safran.
Des rois, Monsieur, est-ce enfin le costume ?

Entre à son tour le fameux cuirassier
Qui s'ennuyait d'attendre dans la rue ;
O jeux du sort ! ô rencontre imprévue,
Thiers en chemise et le géant d'acier !
L'un ne fut pas moins étonné que l'autre ;
Mais Thiers se mit à rire en bon apôtre
De la surprise, et l'homme de cheval
Se tint debout, et la main à son casque,
Droit, impassible autant que l'est un masque,
Devant celui dont il n'est point l'égal.

« Bien, mon ami, je suis à votre affaire, »
Dit le petiot. Il brise le cachet,
Lit, et soudain se remet en colère,
Va, vire, vient, s'arrête stupéfait,
Puis il trépigne en toilette légère,
« Comment ! comment ! le Mont-Valérien
Est sans soldats, et c'est moi qui l'oublie !
Et dans une heure, une bande, la lie
Des communards, y sera bel et bien !
Oh ! que non pas ! Eh ! que dirait l'histoire
De Monsieur Thiers, le grand tacticien,
Si, de ce fort responsable gardien,
Au profit net du ramas faubourien,
Je le perdais par défaut de mémoire ?
Une heure encor, le fort n'était plus mien !
Il était temps d'y penser, et j'y pense,
Ma plume, Jean, de l'encre et du papier !
Deux bataillons en toute diligence
Vont par cet ordre entrer pour la vengeance,
Et communards tomberont au guêpier.
J'y pensais donc, et de plus quelle chance
De prendre part au salut de la France
Te favorise, ô mon cher cuirassier !
Tiens, l'ordre est prêt, pars à franc étrier,
Vois comme en guerre il faut de vigilance ! »

L'homme d'Etat parlait, parlait toujours,
Tant il se plaît d'agir en longs discours,

Il eût parlé pendant une semaine ;
Le cavalier sort et prend le galop ;
Il était temps, et même pas trop tôt :
Les bataillons entraient au fort à peine
Et donnaient l'angle aux canons des remparts,
Que dans la nuit et montant de la plaine
Ils entendaient venir les communards.

L'OR

Quel spectacle écœurant l'on voit de ses fenêtres !
De Paris attéré les voleurs sont les maîtres,
Malandrins et forçats de tout âge et tout rang ;
Déjà même altérés ils ont goûté du sang.
Le peuple tout d'abord se tait, pâle, et regarde
Passer des bataillons la lâcheté braillarde ;
Ils passent : de la Banque en leurs mains tant d'or pleut
Que déjà fasciné le peuple s'en émeut.
Fuyez vite ou fermez les yeux, âmes sans force !
A la pauvreté pure ainsi brille une amorce :
Tel qui tremblait jadis d'un penser suborneur
Faible, puis effronté, vend son infâme honneur ;
Par ses attouchements l'or caresse, il se glisse
Des mains jusques au cœur et chasse la justice.
Ce peuple qui se croit le plus civilisé
Applaudit et prend part au vol légalisé,
S'autorisant ainsi d'une immonde morale
Qui de sa convoitise approuve le scandale,
Tant le droit se déplace au gré des appétits
Quand la honte n'est plus un obstacle aux partis !

L'HOTEL DE VILLE

(26 mai 1871)

Accubantes in conviyiis, complexi mu-
lieres impudicas, vino languidi, eructant
sermonibus suis cædem bonorum atque
urbis incendia.

(Cicéron.)

« Pendant que notre Comité
De l'ennemi nous débarrasse,
Nous, peuple assemblé sur la place,
Chantons leur courage indompté ! »

Le peuple toujours sot regardait aux fenêtres,
Applaudissant toujours au labeur de ses traîtres.

« Voyez-vous, de lumière encor
Comme la salle est inondée !
Ce sont les martyrs de l'Idée,
Chacun d'eux vaut son pesant d'or ! »

Dans le dernier banquet les chefs de la Commune
Mangeaient ce qu'en leur caisse il resta de pécune.

« Puisque Paris n'a plus d'argent
Que nous puissions mettre au pillage,

Pour finir cet enfantillage,
Un bon avis devient urgent! »

Ils échangèrent tous des dits contradictoires
A travers les pâtés que broyaient leurs mâchoires :

« Aucun projet ne vient ce soir,
Mangez, filles! buvons encore :
Si nul projet ne s'élabore,
Demain c'est la fuite et l'espoir ! »

Au même instant arrive une estafette blême :
« Trahis! les Versaillais entrent dans Paris même ! »

— « Obéissons comme elle veut
Aux caprices de la fortune !
Un dernier toast à la Commune,
Et maintenant sauve qui peut ! »

Ils sortirent cafards, et selon leur programme
Le palais derrière eux n'était plus qu'une flamme.

« O le peuple ! ô l'absurde oison
Qui pour rien s'agite et glouglotte,
Et qui ne se croit patriote
Qu'en brûlant sa propre maison ! »

Ainsi dit en passant le fleuve de la Seine,
Et le peuple immobile admirait la fredaine.

LES TOMBEAUX

Revelabit terra sanguinem suum.
(ISAÏE.)

A l'entour de Paris des tumulus funèbres
Des braves tombés là gardent les ossements,
Nos morts dont les tribuns dupaient les dévouements :
Les tribuns ont des noms hideusement célèbres,
Les morts n'ont que l'oubli des froids délaissements.

Quand, le soir, les tribuns se sont remis à table,
Pour son crime aucun d'eux n'étant inquiété,
Ils boivent sans pudeur le vin de la gaîté :
Dans les champs noirs, déserts, un soupir lamentable
S'élève, que le vent pousse vers la cité.

Quand mourront, gorgés d'or et du sang de la France,
Les hommes de Septembre au vil ricanement,
S'il nous reste si tard du cœur suffisamment,
Nous jetterons, honteux de notre tolérance,
Leurs cadavres impurs dans le Rhin allemand.

LES HÉROINES

Vous estes dignes d'immortelles louan-
ges, si femmes le furent.
(Maréchal de MONTLUC.)

Amoureux avant tout des grâces de la femme
Qui de notre existence orne du moins la trame
Et jette dans l'esprit des hommes divisés
Des parfums de douceur avidement prisés,
Ce n'est pas sans regret si je n'ai dans ces pages
Pu de leurs traits offrir les suaves images,
Comme aux terrains ingrats brille une aimable fleur
Où le regard s'arrête avec calme et bonheur,
Et, las des assauts vains de l'âpre politique,
Préfère à ce qui passe un regard sympathique ;
Car tout passe, le peuple aussi bien que la cour,
Tout excepté la femme et l'éternel amour !

Mais comme si nos temps étaient les plus barbares,
La femme y craignant trop nos affreux tintamarres,
La femme aimante et belle et pieuse envers Dieu,
Dont l'homme le plus fier sollicite l'aveu,
Celle qui dans tout siècle empreint de courtoisie
Comme une gaze étend le charme de sa vie,

Dans cette république où les rustres sont rois
Nous n'avons point revu la reine d'autrefois :
Et c'est pourquoi mes vers n'ont point dit quel hommage
La femme a retrouvé dans le Paris sauvage,
Et c'est pourquoi je hais ces lourds hommes d'Etat
Devant qui la française a caché son éclat.
Qu'ont-ils donc inventé ces tyrans, pour la rendre
Aussi vile que Dieu la créa pure et tendre?
Ils en font, l'exhibant de la chaste maison,
La femelle à l'œil faux, philosophe ou sans nom,
Qui, le poing en avant, et discute et dispute,
L'une lançant au Christ un outrage de brute,
L'autre voulant dissoudre en des clubs hébétés
La famille promise à ses lubricités,
De sorte qu'en disant femme républicaine,
C'est un je ne sais quoi tout infecté de haine;
Ordre, lois et bon sens, beauté, grâce et pudeur,
Elle les heurte au choc de son aigre roideur,
Pédante, et, grossissant sa voix de patriote,
Ne pouvant être un mâle en est encor plus sotte.
Punition du ciel! ces monstres sans vertu,
C'était la laideur même avec l'esprit pointu.

Certe ils avaient raison et les saints et les sages,
Quand ils ont averti que, par les temps d'orages
Où les partis fougueux ne font que guerroyer,
La place de la femme est auprès du foyer.
Son nid est tout pour elle : amante, épouse et mère,

Son amour est vertu vraie et non pas chimère,
Car à tout sacrifice elle est prête toujours,
Sans ameuter la rue à de piètres discours ;
Non ! et que l'étranger envahisse la France,
C'est encor sa vertu qui, rompant le silence,
Tend une arme à l'époux, à l'aîné de ses fils :
« Partez ! » Puis, se jetant aux pieds du crucifix,
Elle attend, pleure, tremble en secret dans sa chambre
Voyant tomber la neige et la nuit en décembre.
Mais qu'un siège stupide ajoute à sa douleur
La faim, l'horrible faim affaissant dans leur fleur
Ses plus jeunes enfants, ceux dont l'âge sans force
N'a pu porter le fer et brûler une amorce,
La voilà cette mère, oubliant tout pour eux,
Et fatigue et santé, froid, fange et ciel neigeux,
Qui, pâle, attendra l'heure, et l'heure, et l'heure encore
Pour des miettes de pain que chez elle on dévore,
De ce pain qu'aux pourceaux pour vos tables nourris
Vous n'eussiez point jeté, vous, tyrans de Paris !
Héroïque valeur de la femme française
Qui domine le mal en toute ère mauvaise,
Qui, sans le crier fort, a fait tant de héros,
Qui ne craint pas plus qu'eux la hache des bourreaux,
Qui, par instinct rebelle aux mœurs républicaines,
N'en craint que la souillure, et, quand tombent nos chaînes
Rouvre encore en riant son salon et sa cour,
Plus digne que jamais de respect et d'amour !

THYRSIS

Ce n'est point une pénétration supé-
rieure qui fait les hommes d'Etat, c'est
leur caractère.

(VOLTAIRE)

Sur ce triste gâchis où chacun fit des siennes
Chantez-nous une idylle, ô Muses parisiennes !

Ce Thiers qui tant cria dans les Chambres : Kiss ! Kiss !
Quand il parle à l'émeute appelez-le Thyrsis,
Ce nigaud à l'œil fin, de qui la politique
En face du danger manque de sens pratique,
Qui, vanté des bourgeois à qui plaît l'air grognon,
Fut dans l'intrigue seule un adroit maquignon.

Sur ce triste gâchis où chacun fit des siennes
Dictez-moi, je suis prêt, ô Muses parisiennes !

Grâce aux tribuns hâbleurs qui baissèrent le nez
Lorsqu'à signer la paix ils furent condamnés,
Le siège ayant fini sans une apothéose,
Paris mystifié cherchait quelque autre chose ;
Il sassait, ressassait les bourdes de ses chefs,
De sa foi trop crédule il leur fit des griefs,

Et brusquement leur dit : à bas les incapables !
Plus vous fûtes puissants, plus vous fûtes coupables,
Car vous visiez trop haut comme le savetier,
Oubliant le proverbe : à chacun son métier.

Sur ce triste gâchis où chacun fit des siennes
Que savez-vous encore, ô Muses parisiennes ?

La canaille aboyait : « Nous voulons après tout
Nos droits municipaux et la Commune au bout !
— Oh ! nenni, répondaient Ministres dans la Chambre.
— Comment ! n'êtes-vous plus les hommes de Septembre ?
N'est-ce depuis vingt ans le but de vos efforts ?
— Oui, mais aussi... — D'où vient ? Qu'est-ce que ces
                                         remords ? »

Sur ce triste gâchis où chacun fit des siennes
Retroussez votre robe, ô Muses parisiennes !

A Versailles, la Chambre inquiète du cas
N'y voyait pas plus clair que ses grands avocats ;
Or ceux-ci, se croyant diplomates habiles,
Avaient hors de Paris renvoyé nos mobiles,
Et dans Paris laissé gars armés jusqu'aux dents
Pour parer, que sait-on ? à tous les accidents ;

Sur ce triste gâchis où chacun fit des siennes
Que pensez-vous qu'on dise, ô Muses parisiennes ?

Si bien qu'à Paris même on eut tout ce qu'il faut
Quand on veut appuyer l'émeute au verbe haut,
Et que la faible Chambre et le fou Ministère
N'eurent plus rien qui force une émeute à se taire.
« Déjà ! s'entre-disaient les Allemands chanceux,
Le chamaillis s'en va recommencer chez eux ;
Courons voir la besogne et buvons une chope
A Guillaume Empereur et maître de l'Europe !
Eh ! là-bas, les amis, braillards et communeux,
Gens toujours soupçonnés et toujours soupçonneux,
Ces canons si gentils qu'on nous défend de prendre,
A Favre et papa Thiers gardez-vous de les rendre,
Et qu'ils parlent si haut, dans Paris essayés,
Que vous n'ayez regret de les avoir payés ! »

Sur ce triste gâchis où chacun fit des siennes
Est-ce qu'on tint conseil, ô Muses parisiennes ?

Alors le Ministère à son vieux Président
Dit : « Voyez voir, Thyrsis, homme vif et prudent,
Ce grand palais épique ou ces beaux bois d'idylle
Pour combattre ou charmer vous donneront le style. »

Le bonhomme Thyrsis est au fond diablotin ;
Peuple ou rois, il en est le serviteur mutin,
Excitant le tumulte et prêchant la concorde,
Vraiment il vous pendrait pour vous couper la corde,
Aimant la liberté de mettre des baillons,

Et quand il parle, il est le plus clair des brouillons;
C'est ce qui fait qu'en France on le hait, on l'adore,
Causant mieux que pas un de tout ce qu'il ignore.
Au parc de Trianon il s'en alla rêvant,
Et s'emplit d'éloquence, inspiré par le vent,
Puis il fit ce sermon en phrases empêtrées :
« Revenez au bercail, ô brebis égarées!
N'ai-je mis tous mes soins à vous faire plaisir?
N'avez-vous le bercail qui fut votre désir?
Aux jaloux ennemis de notre République
Que votre union soit l'invincible réplique.
Je pourrais vous punir, qui peut m'en empêcher?
Mais mon cœur saignerait à vous voir écorcher;
Et je préfère attendre, après cette escapade,
Que la voix du bon sens, ma voix, vous persuade.
Je suis votre pasteur et je serais marri
Qu'une seule de vous quittât mon pré fleuri.
Pour quelques jours encor vous aurez un peu d'herbe;
Malgré la sécheresse elle est grasse et superbe,
Puis nous verrons, après. De cet humide hiver
Reposons-nous ensemble en beaux lieux, en bon air;
Mes mains débrouilleront la laine un peu mêlée,
Je serai médecin pour votre clavelée.
Usez du repentir, il en est temps encor;
Le repentir sur terre est un riche trésor.
Innocentes serez, cessant d'être coupables,
Du reste j'ai des chiens vigilants et capables,

Car si vous rechignez de rentrer au bercail,
Ma houlette n'est pas un vain épouvantail. »

Sur ce triste gâchis où chacun fit des siennes
Savez-vous la réponse, ô Muses parisiennes ?

Le vieillard décochait son sourire malin,
Quand vint un communeux qui d'un air très hautain :
« Petit, on te tracasse ici comme à Versailles,
Mais pourquoi te plains-tu de tant de représailles ?
Toi, contre Charles-Dix n'as-tu pas conspiré,
Chargeant jusqu'à la gueule un journal empourpré ?
Ami du portefeuille ou le prenant en grippe,
Tu n'as pas pu laisser debout Louis-Philippe.
Qui veut sans être un fat réprimander autrui
Il ne faut qu'un reproche atteigne jusqu'à lui,
Et Dieu merci ! c'est toi qui montrais la manière
Dont on verse le char de l'Etat dans l'ornière.
Quarante-huit accordant le suffrage pour tous,
Tu fais un comité qui le rogne en dessous,
Et de ta maladresse aussitôt naît l'Empire !
Ah ! mais, homme d'Etat, que n'as-tu fait de pire ?
Tu disais que la Prusse est un spectre inventé,
Et nous sommes battus pour t'avoir écouté !
Vingt-cinq départements par une erreur bizarre
N'ont trouvé qu'en toi seul un guide, l'oiseau rare,
Et nous ne savons point, ni les bourgeois non plus,
Où tendent à coup sûr tes vœux irrésolus.

5.

Thyrsis, il faut penser à faire la retraite
Si toujours ta parole est plus claire que nette,
Sphinx de la République, es-tu contre ou pour nous?
Nous ne sommes brebis, mais loups et restons loups. »

Sur ce triste gâchis où chacun fit des siennes
Savez-vous la réplique, ô Muses parisiennes ?

Thyrsis avait toujours son sourire malin,
Car il est suffisant et fataliste un brin :
« Vous êtes des pécheurs, et vous damnez les autres !
Rendez-moi mes canons. »— « Si tu disais les nôtres. »
Bref on ne put s'entendre, et Thyrsis médita
Pour ravoir ses canons un beau coup qui rata;
Car, s'il parle fort bien, il n'agit pas de même,
Plus habile à poser qu'à résoudre un problème,
Il fit son coup d'Etat sans profiter en rien
De ceux dont il fut dupe ou même historien.
Il accrut le danger, ô tête de linote !
Qu'on a ri de l'attaque et de sa retirote !
Au lieu de bêlements il entendait hurler :
Bon ! voilà, disait-il, qu'on ne peut leur parler !

Sur ce triste gâchis où chacun fit des siennes
M'apprendrez-vous la suite, ô Muses parisiennes ?

De tout quoi le sophiste étant un peu piqué
Avec son Ministère eut peur d'être bloqué;

L'écho lui répétant l'insolente ariette :
« Thyrsis, il faut penser à faire la retraite »
Il boucla sa valise et leste déguerpit,
Et les bons dans Paris en eurent grand dépit ;
Même il laissa des forts aux bandits sur sa piste,
Des rois qu'il fit chasser très fidèle copiste :
« Ouf, dit-il à Versaille après l'heure d'effroi,
L'Etat c'est moi, Messieurs, je le sauve avec moi! »

Sur ce triste gâchis où chacun fit des siennes
Avez-vous dit assez, ô Muses parisiennes?

Et sur ce les bandits, qui ménagent leur peau
Quand devant l'étranger s'échappe leur troupeau,
Du chassepot munis contre d'autres alarmes,
Trouèrent bravement une foule sans armes,
Et bien des gens naïfs restèrent ébahis
Qu'on aille en s'expliquant si vite en ce pays.
Ainsi, riant des lois comme un taureau des bornes,
L'Internationale enfin montrait ses cornes,
Et d'après ses débuts avouait que son jeu
C'était de tout piller et de supprimer Dieu.
La cité trembla toute à tant de lâche audace,
Car on voyait grossir l'immonde populace.
Un sauveur! un sauveur! cria le boulevard,
Et Thyrsis reparut, tenant un étendard.

Sur ce triste gâchis où chacun fit des siennes

Que reste-t-il à dire, ô Muses parisiennes?

« Vite une armée! allons! donnez-moi mes soldats,
Mes grognards, mes conscrits! Bien! portez armes bras!
Du grand homme jadis j'ai fait la longue histoire,
Il a vaincu l'Europe, et j'aurai ma victoire!
Foin de la plume! un sabre! ah! quel avènement!
En avant, marche! halte! à droite, alignement!
Fixe!... Trois, dix, rentrez; sortez, huit, douze et treize!
Chargez! feu! les coquins sauront ce que je pèse.
La ville que j'ai faite imprenable aux Prussiens,
C'est moi qui vais la prendre au nez des Parisiens!

Sur ce triste gâchis où chacun fit des siennes
Faut-il rire ou pleurer, ô Muses parisiennes?

Un jour l'impartiale et rude vérité
Dira l'insouciance où Versaille a buté :
Par la faute des uns et le crime des autres,
Tout compte balancé, les pertes sont bien nôtres.
Prendre Paris c'est bien, mais fort dispendieux,
Et ne pas s'exposer à le prendre était mieux.
Quoi! l'Empire a donc fait de notre capitale,
Gigantesque labeur! la cité sans rivale,
Pour qu'un maître étourdi laisse à d'affreux coquins
Le temps d'y promener leurs feux républicains?

Sur ce triste gâchis où chacun fit des siennes
Finissez votre chant, ô Muses parisiennes!

Que vous sert de changer la douce lyre en arc
Contre un si léger daim qui saute dans le parc?
Il est daim, faible et vif, et non tigre des jungles,
Il n'est et ne sera jusques au bout des ongles
Qu'un Français comme nous, vaniteux, inconstant,
Peu terrible aux pécheurs, lui-même impénitent.
Le prendre au sérieux nous est chose impossible ;
Comme il tira sur tous, tous l'ont choisi pour cible :
Nul de nous ne croit guère en sa sincérité,
De son humeur frondeuse ayant trop profité.
Lui, de l'opinion dompteur sans caractère,
A son tour il en sent la griffe qui le serre,
Et pour se dégager c'est trop peu que la voix,
Ce sont des bras qu'il faut, et non moins forts qu'adroits.
Au lieu de mesurer les princes à son aune,
Tantôt au second rang, le plus beau près du trône,
Et du peuple tantôt dévoué serviteur,
Substituant l'ensemble au détail ergoteur,
Il pouvait, dédaigneux de vaine espièglerie,
S'enrichir d'une gloire utile à sa patrie,
Et, vieillard, il eût vu, sans reproche aujourd'hui,
La France tout entière accourir près de lui.
Ah! de quelle amertume après toutes nos chutes
N'avons-nous pas souffert, quand l'artiste en disputes,
Lui par qui tout pouvoir se sentit énerver,
Fut le dernier, le seul qui vint nous relever?
Ragot de corps et d'âme! Epuisés que nous sommes,
Dieu nous dessèche-t-il là source des grands hommes

Qu'il ne nous laisse plus d'autre espoir qu'en celui
Qui ne peut faire autant de bien qu'il nous a nui !
Une dernière fois son adresse endormeuse,
Quand déjà l'heure approche où la tombe se creuse,
Se hâte de jouir d'un sceptre passager
Qui, marotte en ses mains, est pour nous danger.
Eût-il même inventé quelque nouvelle Charte,
L'Etat, fait par nos rois et par les Bonaparte,
C'est un monde à porter, et c'est ce qu'ils ont pu,
Mais Thiers aux petits bras n'a point tant de vertu.
Assez fin pour ne croire au succès de son rôle,
Quelque peu défiant des esprits qu'il enjôle,
Voilà donc que, juché sur le trône bourgeois
De cette république où nasille sa voix,
S'aheurtant à produire un semblant d'harmonie,
Il consacre à la paix ses instincts qu'il renie !
Est-il rien qui condamne avec plus de rigueur,
O France, les partis qui déchirent ton cœur,
Que de voir un tel homme essayant de nous rendre
Au calme que lui-même il ne voulait comprendre,
Et, pour tous les talents dont le ciel lui fit don,
Réduit à mériter la gloire du pardon ?

CHAMBRE ROYALISTE

Les hommes manquent plutôt à l'occasion que l'occasion ne leur manque.
(OXENSTIERN.)

Chambre nouvelle à Bordeaux rassemblée,
Très royaliste : enfin nous allons voir
La République un peu trop maculée
Honteusement dans ses désordres choir.
Nous reverrons députés aux mains pures
De notre sol nettoyer les ordures
Que trop longtemps Septembre amoncela :
Les électeurs, écœurés par le siège,
Ont dans leurs mains mis balais pour cela :
Bons députés, que le ciel vous protège !

Les électeurs n'avaient point réfléchi
Que jamais Chambre, honnête tant soit-elle
N'a su garder un pouvoir affranchi
Du joug fatal de quelconque tutelle :
Il faut toujours et partout un seul chef ;
S'il est bon, bien ; si mauvais, c'est méchef ;
Car c'est la tête inspirant tous les membres :

Soit République, Empire ou Royauté,
Guère on n'a vu dans aucune des Chambres
Que le plus fin n'ait plus d'autorité.

La Chambre donc, les balais sur l'épaule,
Ecouta Thiers, celui précisément
Dont il fallait, — qui n'a connu le drôle? —
Plus qu'autrefois craindre le boniment.
« Mes chers amis, disait-il de sa lèvre
Insidieuse, il règne de la fièvre,
Gardez-vous bien de remuer le tas;
Du nettoyage à moi seul je me charge. »
Donc les balais ne balayèrent pas,
Et gambadant, Thiers fit le tas plus large.

LES SAMARITAINS

Quand de l'exil jetant la chaîne
Vers la patrie, hélas ! changée en longs déserts,
Par la montagne et par la plaine,
Par les tristes chemins de ruines couverts,
Du peuple de Juda le reste
Arriva languissant à la chute du soir,
Et chercha la place funeste
Où fut Jérusalem jadis si belle à voir ;
Devant les pierres écroulées
Du saint temple où croissait la ronce des buissons
Toutes les mères désolées
Baisèrent en pleurant leurs maigres nourrissons,
Tandis qu'avec des regards sombres
Les hommes dévorant en silence leur deuil,
Fouillaient autour d'eux les décombres
Qui couvraient la cité comme un triste cercueil.
O nuit de douleur et de larmes !
La patrie était là gisante, et les Hébreux

Avouaient qu'après tant d'alarmes
Dieu seul pouvait tout faire en les aidant chez eux.

Or, poussés d'espérance sainte
Et les pieds trébuchant à travers des charbons,
Du temple ils franchissaient l'enceinte
D'où les chacals surpris s'échappaient par des bonds,
Lorsqu'au détour d'une muraille,
Des hommes devant eux se dressèrent hautains;
L'ombre semblait grandir leur taille,
Mais ces hommes n'étaient que des Samaritains.
Aux fils de Juda qui s'étonnent
De les trouver encore au pays de leur Dieu :
« Que vos esprits ne nous soupçonnent,
Dirent-ils, avec vous la paix est notre vœu.
Possesseurs pendant votre absence
Dans la Jérusalem nous avons habité :
Soyons unis sans réticence,
Amis, pour rebâtir le temple et la cité. »

A tant d'insolence et d'audace
Les lèvres des Hébreux frémissent de courroux;
Soudain les regardant en face,
Leur chef Zorobabel répondit seul pour tous :
« Avez-vous perdu la mémoire
Du prix de tous vos soins, le seul qui vous soit dû,
Le châtiment expiatoire
Pour le sang d'Israël par vos mains répandu ?

Quand nous mourions pour nous défendre,
Qui donc, si ce n'est vous, s'unit à l'étranger,
Et du temple à nos pieds la cendre
Est-elle contre vous un témoin mensonger ?
Partout où vous êtes les maîtres,
Aux autels du vrai Dieu vous mêlez Belzébuth ;
Les sacrilèges sont des traîtres :
Partez, nous ne voulons de vous aucun tribut.
Retournez au roi d'Assyrie
Qui dans Jérusalem vous mit à nos dépens ;
Juda n'est point votre patrie :
Hypocrites, sortez, hors d'ici les serpents ! »

CALLIPYGE

Par la nature de l'entendement humain,
nous aimons spéculativement tout ce qui
porte le caractère de sévérité.

(MONTESQUIEU.)

Après la guillotine on se mit à danser,
Le Directoire fut une halte à Cythère,
Et nos pères sans rire aimaient à ressasser :
La France se recueille, elle se régénère !

Après l'Hôtel-de-Ville encore tout noirci,
Les filles vont au bois en plus riche misère,
Et dans les cafés pleins on n'entend que ceci :
La France se recueille, elle se régénère !

Au lieu de tout ce peuple emphatique et content,
Mettez que devant nous passe un vieux poitrinaire
Qui près de sa Phryné tousse et va radotant :
Là, là, je me recueille et je me régénère !

MADAME ET SON CHEF

A domesticis tuis attende.
(ECCLÉSIASTIQUE.)

Madame (A parte).

Vieillard, non, vieux gamin, la mine et la voix fausse...
(Haut.)
Qu'avez-vous donc, Adolphe, encor mis dans la sauce ?

Le chef.

Un peu de piment rouge... Oh ! madame, si peu !

Madame.

Un vrai charbon, j'en ai le palais tout en feu ;
Si peu ! pouah ! quelle horreur ! mais hier ne vous l'ai-je,
Pouah ! défendu ?

Le chef.
C'est vrai, mais...

Madame.
Mais quoi ? quel manège ?

Le chef (Bas à l'oreille).

Parmi vos invités il en est quelques-uns
A qui ce piment plaît, des gens assez communs
(Soit dit de vous à moi), mais que dans ce village
Votre sécurité demande qu'on ménage.

Madame.

Trève à tous vos caquets, Adolphe !

Le chef.

Ah ! c'est ainsi
Que Madame le prend quand d'elle on a souci ?
Voilà mon tablier, puisque Madame pense
Ne devoir que rudesse au lieu de récompense...

Madame.

Retournez aux fourneaux, s'il vous plaît, et surtout
Faites sans raisonner la cuisine à mon goût ;
C'est le dernier avis que ma bonté vous donne :
S'il ne vous convient pas je ne retiens personne.

(A parte.)
Comme ces parvenus, qui vivent d'un talent,
Parlent de leurs égaux sur un ton insolent !

LE BOURIER

Les finesses et les trahisons ne vien-
nent que de manque d'habileté.
(LAROCHEFOUCAULD.)

Le vent heureux de la Chambre a cessé
De soutenir l'homme d'esprit lancé
Beaucoup plus haut que ce n'est la coutume ;
Quand il regarde encore au firmament,
Voici qu'il tombe, il tombe lentement
    Avec léger balancement
      Comme une plume.

Par instants même ou le voit s'arrêter,
Ne pouvant plus ni tomber ni monter,
Tant il a moins de poids que de volume !
Ne fera-t-il jamais rien franchement ?
Voici qu'il tombe, il tombe lentement
    Avec léger balancement
      Comme une plume.

L'homme d'Etat, par dépit et par goût,
Vers le ruisseau descend, près de l'égout

Où disparaît tout bourier dans l'écume :
Toute sa vie arrive au dénouement ;
Voici qu'il tombe, il tombe lentement
Avec léger balancement
Comme une plume.

LE DÉNOUEMENT

Bonsoir, Basile, bonsoir.
(BEAUMARCHAIS.)

Nos députés se demandaient entre eux :
« Qu'en pensez-vous, est-il pour, est-il contre ?
Les Communards paraissent trop heureux,
Qu'en dites-vous ? sitôt qu'il les rencontre ;
La République est un essai loyal
A nos dépens, et c'est eux qu'il protège ;
Il lui promet son anneau nuptial,
Et les témoins sont les bandits du siège.

Quand les Prussiens nous ont pris la toison,
Pour que lui seul rentrât chez lui plus riche
N'avons-nous pas rebâti sa maison ?
Des criminels il devient le fétiche !
Pour tout naufrage et tout gouvernement
D'avance il met des culottes de liège ;
Cet affreux nain nous livre adroitement
Nous, les vainqueurs, aux vaincus de son siège. »

Bref, on le presse, et le vieux renégat
Fait cet aveu qu'avec la République

Des Communards il a passé contrat,
Ce qui lui fait prendre un chemin oblique.
D'un regard froid outreperçant l'impur,
Les députés le chassent de son siège :
« Allez dehors, agent fidèle et sûr,
Avec les gens dont vous fîtes le siège ! »

MAC-MAHON

(24 mai 1873)

J'ay porté au front ce que j'ay dedans
le cœur.

(Maréchal de MONTLUC.)

La vertu cette fois accepte le pouvoir,
A la France en dérive elle rend la boussole :
Ce grand cœur qui ne bat que pour le seul devoir,
Los au preux qui, vivant, est ceint d'une auréole !

Après l'orage noir brille un jour qui console :
Par sa loyauté pure et d'homme et de soldat,
Loin des bons rassurés la crainte enfin s'envole,
Quand vers les temps futurs sa main guide l'Etat.

O partis ! contre vous ferme, comme au combat,
Il refuse l'oreille à votre voix qui crie :
Vainqueur des criminels et premier magistrat,
Il est et veut rester Père de la Patrie.

Longue trêve soit faite autour d'un si beau nom :
Respectez votre honneur, Français, en Mac-Mahon !

ÉPITAPHE

L'éloquence est dans la grandeur de
l'âme.

(VOLTAIRE.)

Ci git Thiers mort sans gloire après bien du tumulte.

Historien, il n'eut cœur, morale ni culte ;
Orateur ou sophiste, il était sans égal
A faire et réparer, à refaire le mal ;
Un jour qu'il s'endormit sur quelque intrigue immonde,
Il ne s'est réveillé soudain qu'en l'autre monde ;
C'est là qu'il retrouva l'inoublieux Remord :
Tout en lui fut mauvais, vie, éloquence et mort.

De quel exemple est-il ? jouissance repue ;
De sa tombe s'exhale une odeur corrompue :
Vous, honnêtes passants, quels que soient vos péchés,
Si vous aimez le beau, sur sa tombe crachez !

LA PAIX

Le Rhin sépare la Gaule de la Germanie.

(CÉSAR.)

Oui, dans un jour splendide où, par le ciel bénie,
La France avait montré les fruits de son génie,
Hospitalière et bonne à tous les étrangers,
Au lieu de l'admirer et de suivre sa trace,
Des brutes enviaient sa richesse et sa race,
Hélas! et notre gloire a fait tous nos dangers!

Affamés, dévorants comme les sauterelles,
Ruant des bataillons innombrables comme elles,
Ils se sont tout à coup sur la France abattus;
Et quand ils traversaient nos moissons et nos vignes,
Rien ne restait debout, rien que leurs noires lignes
Et l'infernal éclair de leurs casques pointus.

Ils nous ont annoncé la paix dans une affiche :
Puis le chaume du pauvre et le palais du riche
Ils s'y précipitaient pour les dévaliser,
Ne laissant derrière eux que l'horrible famine,

Et se multiplia leur abjecte vermine
Tant et tant qu'à la fin on ne put l'écraser !

Un peuple longuement instruit à tous les crimes
Par un état-major de mouchards anonymes,
Un peuple de voleurs a flétri notre sol,
Heurtant, par ce défi dont s'effraya la terre,
La probité civile et l'honneur militaire :
« La force c'est le droit qui consacre le vol ».

Chez nous la discipline est la vertu suprême,
Eux ne s'en sont servis que pour le vice même ;
Soldats et rois faisaient en ordre leur butin,
Puis le vendaient aux juifs dont les lourdes charrettes
Partaient toutes à l'heure où chantent les fauvettes
Pour revenir, la nuit, de l'autre bord du Rhin.

Le Rhin n'est plus français : sur la rive étrangère,
O fauvettes ! chantez comme avant cette guerre,
Le printemps ramena pour vous aussi la paix ;
Chantez, en attendant que votre voix se taise
Le jour où grondera sur la rive française
La voix des opprimés et du canon français !

Ah ! tout ce qu'ont vomi la Prusse et l'Allemagne,
Comme si dans nos champs elles vidaient un bagne,
Si tous leurs scélérats ne nous ont rien laissé,
Nous estimant enfin réduits à l'indigence,

Rien qu'un devoir, la haine, et qu'un droit, la vengeance,
C'est assez pour combattre et laver le passé !

Il nous reste bien mieux que des milliards encore,
D'héroïques vertus qu'à Berlin l'on ignore
Et que garde à jamais un grand peuple outragé :
Pour de tels ennemis la France souveraine
A d'immenses trésors de vengeance et de haine,
Et son glaive nouveau par Dieu sera forgé.

Déjà, déjà ce glaive est au feu de la forge,
Sa pointe avec délice entrera dans la gorge,
Sourde pour les fripons et pour les assassins :
Et ce sera par nous justice de Dieu même
Qui frappe l'oppresseur des foudres d'anathème
Et réserve à la France un jour pour ses desseins !

CHAMBRE RÉPUBLICAINE

Opus mortale.

(OVIDE.)

Après tant de longs mois, après mainte cabale,
Enfin ! ils ont fini la loi fondamentale,
La loi même des lois faite pour soutenir
Ce que doit au présent ajouter l'avenir,
Indestructible base où de la pyramide
Chaque assise d'aplomb demeurera solide.

Les maçons ne manquaient d'esprit et de vertu,
C'est peu ; leur long travail a l'air d'être impromptu,
Il a quelques défauts, plus d'une pierre y vibre
Au toucher qui constate un manque d'équilibre :
La raison dit encor que pour tout fondement
La République en France est un mauvais ciment.

Ne pouvant obtenir ce que chacun préfère,
Ils ont tous fait d'accord ce qu'ils ne voulaient faire :
Puis ils se vont demain à la tête lancer
Les pierres de leur loi pour la recommencer :
Il paraît que construire une loi bien réglée,
C'est le propre d'un homme et non d'une assemblée.

LES RUINES

> Il n'y aura plus sur la terre aucuns ves-
> tiges de ce que nous sommes.
>
> (Bossuet.)

Ainsi délaissés que nous sommes
Par Dieu qui se détourne et s'en va loin de nous,
Le grand vent du malheur se couche sur les hommes,
Et, plus légers que les atomes,
Les roule, les emporte et les dissipe tous.

D'effrois au dehors assiégées,
Effrois tels que l'esprit s'abat et se détend,
D'un mal intérieur profondément rongées,
Les nations désagrégées
Ne forment plus un corps solide et résistant.

Trop faibles pour un fier divorce
Qui les eût des méchants franchement séparés,
Séduits d'un vain espoir de paix, menteuse amorce,
Les bons même ont perdu leur force
Au contact énervant de ces pestiférés.

Désunis comme la poussière
Qui vole et s'éparpille au caprice du vent,

De nos opinions, erreurs d'âme grossière,
      La multitude tracassière
Retombe et n'est plus rien que fange et sol mouvant.

      Ainsi s'écroule et se disperse
L'Etat qui fut jadis beau comme un grand palais,
Et d'autres après nous promèneront la herse
      Sur notre inanité perverse
Qui dans la seule mort aura trouvé la paix.

L'ÉTERNITÉ

Mors secunda.

(APOCALYPSE.)

Ce monde n'était plus : le Jugement suprême
Avait donc séparé les bons et les méchants :
A droite était l'Amour, à gauche le Blasphème.

A gauche s'étendaient des champs, des champs, des
Sous les ténèbres nus, où sifflaient des vipères, [champs,
Infinis comme un cœur d'homme aux plus vils penchants.

Les pécheurs étaient là dans leurs derniers repaires,
Ceux qu'enfin la Justice en son repos divin
Rejeta, punissant les fils plus que les pères.

Or, les plus criminels étaient dans un ravin
Si profond, que pour voir le haut de la montagne
Leurs yeux désespérés regardaient, mais en vain.

Au-dessous d'eux plus rien : c'est un puits, c'est le bagne
Que Satan à la honte a fait même en enfer :
Là tout d'abord gémit l'empereur d'Allemagne.

Il a pour compagnons et Bismark et Luther :
Tous deux le souffleltant se vengent des tortures
Que leur fait un démon en tenaillant leur chair.

Guillaume, tout navré de noires meurtrissures,
Veut jeter, par dépit, sa couronne à leurs pieds :
La couronne a des clous de feu pour garnitures,

Il s'y brûle les mains ; ses yeux humiliés
Vainement des bourreaux implorent l'insolence :
Non ! pour l'impitoyable il n'est plus de pitiés !

Il crie : autre soufflet qui réduit au silence
Ce menteur qui jura marcher, mais seulement
Contre Napoléon, et non contre la France.

Et Guillaume était plat en cet abaissement
Autant qu'il fut hautain sur terre en son royaume,
Et les diables passaient avec ricanement :

« Bon dévot ! disaient-ils, chantez-nous donc un psaume ! »
Et le roi Fréderic, ce gausseur des Prussiens,
Tire en passant l'oreille à son neveu Guillaume :

« Tu voulais sans merci cuire les Parisiens,
Te voilà cuit toi-même au fond de cet abîme
Comme fut ton empire un jour par les Russiens.

J'ai battu les Français sans perdre leur estime,

Je voulais que pour nous ils fussent des amis :
Toute ma politique a croulé par ton crime. »

« Mon oncle, ce n'est pas moi seul qui l'ai commis ;
Si tant fut cette guerre illégitime et sombre,
C'est que pour alliés j'avais leurs ennemis. »

—« Lesquels ? »—« Ceux qui s'en vont, comme un vaisseau
Au plus bas du ravin et dont le hurlement [qui sombre,]
Accroît la terreur même aux régions de l'ombre. »

Fréderic se pencha sur un escarpement :
Trahison ! c'est ainsi que cet endroit se nomme ;
Treize damnés roulaient dans l'épouvantement.

Moins hideux et puant fut autrefois Sodome ;
De ces treize damnés le premier est Trochu :
Judas lui tend la main, Judas le majordome.

Sous l'outrage a pâli le général déchu,
Cinglé par son trousseau de croix et scapulaires
Qu'attache au bout d'un fouet un diable au pied fourchu.

Des treize le deuxième est Favre aux yeux colères,
Bouche ardente et cœur froid, l'homme qui fit un faux :
Il est reconnaissable au bonnet des galères.

Ayant par la famine empli tant de tombeaux,

L'insatiable faim le dévorant sans cesse
De cadavres pourris ses dents rongent les os.

Le troisième est Simon dont la face traîtresse,
Qui plut trop aux lettrés et tant aux communards,
Porte d'un numéro la marque vengeresse ;

Il regarde à l'entour avec des yeux pleurards,
Et chaque pleur qui tombe est comme une varlope
Qui brûle en rabotant sa chair aux tons blafards.

Le quatrième a nom Gambetta le Cyclope :
Comme il a toujours soif, sans se désaltérer
Il avale en fureur du sang noir dans sa chope ;

Et sentant un aspic au cou le déchirer,
Comme le monstre énorme a du sang plein la gueule,
Il étouffe, il ne peut encor vociférer.

Huit autres sont broyés sous une lourde meule
Qui laisse de la moelle échapper en bouillons ;
La pierre avec lenteur pivote toute seule.

Au-dessus de ces Douze il est des tourbillons
De damnés maudissant les auteurs de leur perte ;
Ils ont, hommes jadis, tête et cris d'oisillons.

Qui voudrait les compter y renoncerait certe,

Car qui sait, sinon Dieu, jusqu'où s'étend le mal
Que propage une langue hypocrite et diserte ?

Ces bandits tournoyant en un vol vertical
Versent sur leurs tribuns des flammes de pétrole
Avec des seaux puisé dans le lac infernal.

Sur la peau des tribuns l'huile de feu se colle,
Mange, creuse, pénètre, et malgré leurs jurons
Ils entendent siffler leur chair qui se rissole.

Versez, ô communards, sur ces beaux fanfarons
Qui vous ont ameutés pour jouir du désordre
Et devant votre poing obéissaient poltrons !

Par la mort des damnés ceux qui vous ont fait mordre,
Enragés, mordez-les dans leur âme et leur chair,
Vous que dans le tourment à jamais ils font tordre !

La loi du talion est la loi de l'enfer,
Là, rendre mal pour mal est la seule espérance,
Espérance qui ronge aussi comme un cancer.

Le feu coule au-dessous, cascades de vengeance,
Dans un trou noir sur ceux de qui le genre humain
Attendit le salut par leur intelligence.

Ceux-là touchent au fond du criminel ravin,

Et plus bas dans la honte ils ne peuvent descendre,
Comme pour remonter il n'est plus de chemin.

Le treizième est là, Thiers : autrefois salamandre
Il jouait dans le feu par sa bouche attisé ;
Quand le feu s'éteignait il remuait la cendre.

Le serment qu'à Bordeaux jura le nain rusé
De rendre à sa patrie un choix de souveraine
Gronde en son cœur qui s'est lui-même méprisé.

C'est lui qui, par un goût d'ambition malsaine
Guidant la noble France aux yeux mystifiés,
Pour trôner sottement la fit républicaine.

Les hommes d'esprit droit étant sacrifiés,
Il avait pour soutiens gens de sac et de corde,
Crimes trop grands pour être un jour purifiés !

Par lui la République et s'étend et déborde,
De ses flots déchaînés ravageant le pays,
Nivelant la ruine et sans miséricorde.

Gloire, honneur et vertu, derniers remparts trahis,
Croulez, disparaissez sous la mer qui vous mine !
Hélas ! malheur à nous et malheur à nos fils !

Maintenant les remords, enclos dans sa poitrine

Tant qu'il fut sur la terre amoureux de son nom,
Lui sortent sur le corps en livide vermine.

Et telle est la torture en ce vieil avorton
Qu'il voudrait être aux dents du tigre qui dévore
Ses amis Robespierre et Marat et Danton.

Pour rentrer au néant c'est le feu qu'il implore;
Le feu hurle, sur lui court, et l'enveloppant,
Rend ses nerfs pour souffrir plus sensibles encore.

A des pointes de rocs pour fuir il se suspend,
Il grimpe, mais en bas une force l'entraîne
Celui qui sur la terre eut l'esprit du serpent.

La République ayant pour essence la haine,
Plus ont été cruels les Français généreux,
Plus les Douze à leur tour souffrent à perdre haleine.

Mais par eux déchiré, ce Thiers au cerveau creux
Qui leur apprit le sang n'être qu'une vétille,
Souffre à lui seul autant de maux qu'il est en eux.

Périsse ainsi quiconque en l'humaine famille
Divise autour d'un trône au lieu de réunir,
Quitte à nier plus tard ses amis qu'il fusille !

Périsse ainsi quiconque, au lieu de les punir,

Serre aux brigands la main encor noire de poudre,
Osant de nos malheurs perdre le souvenir !

Ainsi gise frappé par la divine foudre
Quiconque, ambitieux, par bassesse a commis
Tel crime que ne peut aucun service absoudre !

Dans ce monde et dans l'autre il n'est oncques remis :
Plus il tombe de haut cet exemple funeste,
Livrant toute morale aux lâches compromis,

Plus le feu qu'alluma la colère céleste
Accroît, accroît sans fin la douleur qui se tord ;
Et, maudit par le monde et par Dieu qu'il déteste,

Le damné vit de haine, aliment de la mort.

TABLE

PARIS. — IMP. V. GOUPY ET JOURDAN, RUE DE RENNES, 71.

www.ingramcontent.com/pod-product-compliance
Ingram Content Group UK Ltd.
Pitfield, Milton Keynes, MK11 3LW, UK
UKHW021735090726
13657UKWH00002B/725